Uma ilha
no oceano

Annika Thor

Uma ilha no oceano

Tradução de
MONICA GOLDSMITH

Rio de Janeiro | 2011

CIP-BRASIL. CATALOGAÇÃO-NA-FONTE
SINDICATO NACIONAL DOS EDITORES DE LIVROS RJ

Thor, Annika
T399i Uma ilha no oceano / Annika Thor; tradução de Monica Goldsmith. – Rio de Janeiro: Galera Record, 2011.

Tradução de: En ö i havet
ISBN 978-85-01-08264-0

1. Guerra Mundial, 1939-1945 – Refugiados – Ficção. 2. Judeus – Suécia – Ficção. 3. Suécia – História – Gustavo V, 1907-1950 – Ficção. 4. Romance sueco. I. Goldsmith, Monica. II. Título.

11-1451 CDD: 839.73
CDU: 821.113.6-3

Título original em sueco:
En ö i havet

Publicado inicialmente por Bonnier Carlsen Bokförlag, Stockholm, Sweden.
Publicado em português de acordo com Bonnier Group Agency, Stockholm, Sweden.

Texto revisado segundo o novo Acordo Ortográfico da Língua Portuguesa.

Design de capa: Carolina Vaz

Direitos exclusivos de publicação em língua portuguesa somente para o Brasil adquiridos pela
EDITORA RECORD LTDA.
Rua Argentina, 171 – Rio de Janeiro, RJ – 20921-380 – Tel.: 2585-2000,
que se reserva a propriedade literária desta tradução.

Impresso no Brasil

ISBN 978-85-01-08264-0

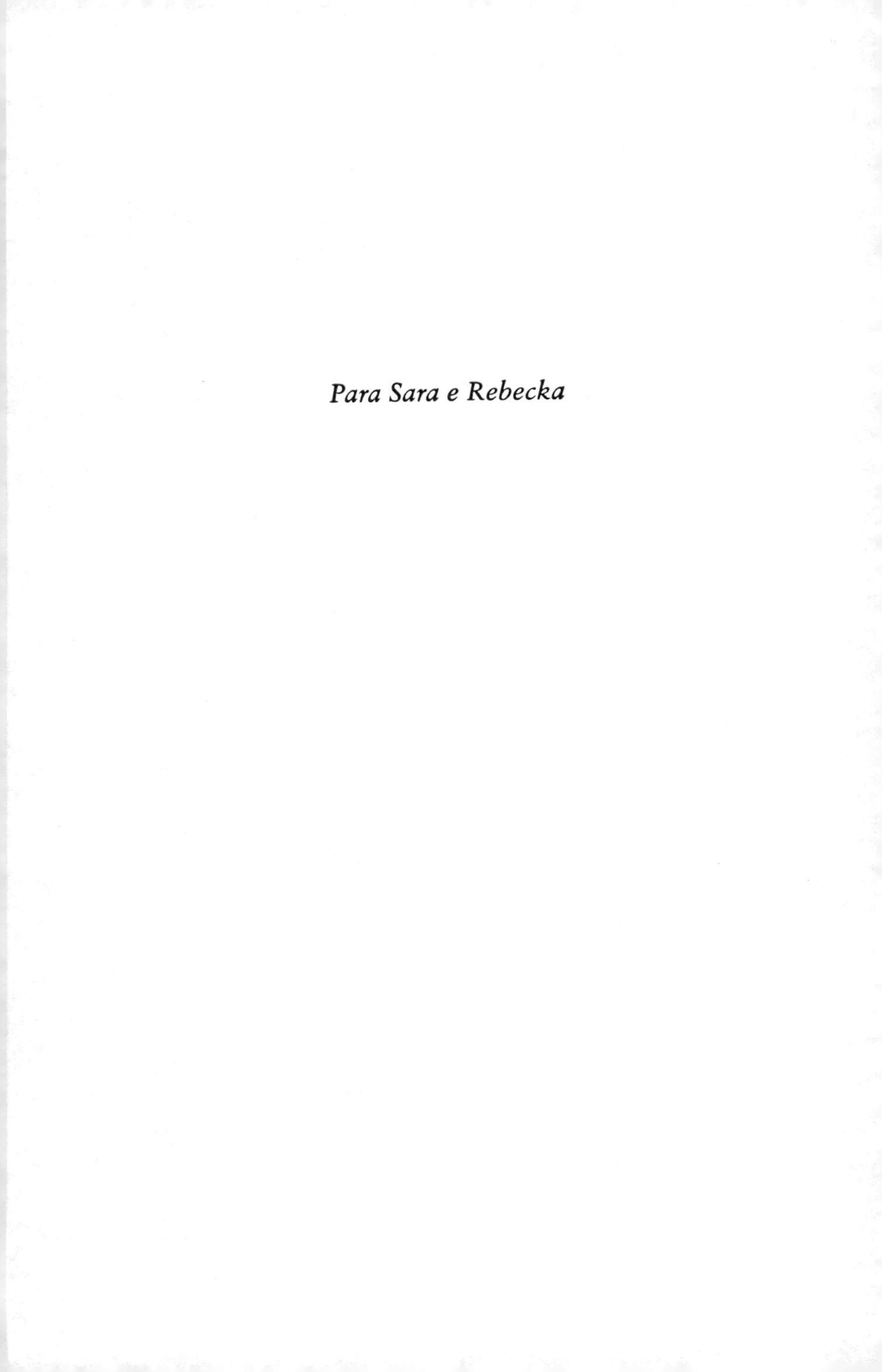

Para Sara e Rebecka

1

O trem diminui de velocidade até parar. Da plataforma, escutam-se vozes vindas do alto-falante numa língua incompreensível.

Steffi se debruça na janela. Através da nuvem de fumaça expelida pela locomotiva, distingue um enorme cartaz e, em seguida, uma construção de tijolos com telhado de vidro.

— Já chegamos, Steffi? — pergunta Nelli, ansiosa. — É aqui que nós temos que descer?

— Não sei — responde Steffi —, acho que sim.

Steffi sobe no banco do trem a fim de alcançar as malas no bagageiro. Primeiro pega a bagagem de Nelli e, depois, sua própria mala. As mochilas já estão no chão diante delas. Não podem deixar nada no trem. De qualquer forma, não puderam trazer muita coisa.

Uma senhora de vestido claro e chapéu surge na porta do compartimento do trem. Ela fala alemão.

— Rápido, rápido — diz ela. — Estamos em Gotemburgo, é aqui que vocês têm de descer!

Ela se dirige ao próximo cupê sem aguardar resposta. Steffi coloca a mochila nas costas e ajuda a irmã com a dela.

— Pegue sua bolsa! — diz ela.

— Mas ela tá tão pesada! — resmunga Nelli, mas ainda assim obedece. As duas saem de mãos dadas para o corredor, onde outras crianças já se atropelam em direção à saída do trem.

A plataforma da estação é uma enorme confusão de crianças e bagagens. Atrás delas o trem volta a dar partida. Arrasta-se para fora da estação ao som de rugidos e gemidos. Algumas crianças pequenas choram. Um menininho chama pela mãe.

— A sua mamãe não está aqui — explica-lhe Steffi. — Ela não pôde vir. Você vai ganhar uma outra mãe, tão boazinha quanto a sua.

— Mãe, mamãe! — continua o menino. A senhora de vestido claro segura-o nos braços.

— Venham — diz ela às outras crianças —, sigam-me!

Como uma fileira de patinhos seguindo a mãe, as crianças a acompanham pela estação de trem, sob o alto telhado de vidro abaulado. Alguém se aproxima do grupo, um homem com uma grande câmera fotográfica. Um flash pipoca, causando uma explosão de luz. Uma das crianças menores cai em prantos.

— Pare com isso agora mesmo! — grita, irritada, a senhora de vestido claro. — Não vê que está assustando as crianças?

O homem continua a fotografar.

— Minha senhora, este é o meu trabalho — diz o homem. — A senhora toma conta das criancinhas refugiadas. Eu tiro fotografias comoventes que dão mais dinheiro para o seu trabalho.

Ele tira mais algumas fotos.

Steffi vira o rosto. Não quer ser uma criança refugiada na fotografia comovente de algum jornal. Ela se recusa a ser alguém que precise receber esmolas.

A mulher os leva até o canto mais afastado do grande salão de espera, onde uma pequena multidão se comprime em uma área isolada. Uma outra senhora, mais velha e de óculos, aproxima-se deles.

— Bem-vindos — diz ela. — Bem-vindos à Suécia. Nós, do Comitê de Ajuda, estamos muito felizes com a presença de vocês. Aqui estarão em segurança até que possam voltar a se reunir com seus pais.

Ela também fala alemão, mas com um sotaque esquisito.

A mulher mais jovem apanha uma lista e passa a fazer uma chamada:

— Ruth Baumann... Stefan Fischer... Eva Goldberg...

Para cada nome, uma criança levanta o braço e se aproxima da mulher com a lista. Ela controla o crachá de papel pardo que cada uma leva pendurado ao pescoço por um barbante. Alguém da multidão de adultos se aproxima, pega a criança e vai embora. Os menores que não conseguem responder quando são chamados são pegos no lugar onde estão sentados.

A chamada segue a ordem alfabética, e Steffi logo compreende que ela e Nelli ainda terão de esperar muito. Seu estômago dói de tanta fome e o corpo inteiro não vê a hora de se esticar numa cama. Desde o começo da manhã de ontem, o cupê apertado do trem transformara-se em seu único lar. Os milhões de quilômetros de estradas de ferro atrás delas eram como um elo que as ligava a Viena, a mamãe e papai. Agora o elo fora cortado. Agora estavam sozinhas.

Vagarosamente, o grupo de crianças e adultos vai diminuindo. Nelli se aproxima da irmã.

— Quando vai chegar a nossa vez, Steffi? Ninguém vem nos buscar?

— Ainda não chegaram no *S* — explica Steffi. — Vamos esperar mais um pouquinho.

— Estou com fome — choraminga Nelli —, e cansada... e com fome.

— A gente já não tem mais nada para comer — diz Steffi. — Os sanduíches já acabaram há muito tempo. Você vai ter que esperar até a gente chegar em casa. Sente-se na mala se não aguentar ficar em pé.

Nelli se senta na maleta e apoia o queixo nas mãos. As tranças negras e compridas chegam quase até o chão.

— Nelli — diz Steffi —, você vai ver que vamos morar num verdadeiro palácio. Com um monte de quartos e salas. E com vista para o mar.

— E eu vou ter um quarto só pra mim? — pergunta Nelli.

— Vai, sim — assegura Steffi.

— Mas eu não quero — diz Nelli. — Quero dormir no mesmo quarto que você.

— Eleonore Steiner! — grita a mulher da lista. — Aproxime-se! — Steffi puxa Nelli por entre as bagagens espalhadas por toda parte.

— Somos nós — diz Steffi. A mulher volta a estudar sua lista.

— Stephanie Steiner? — pergunta ela. Steffi assente.

— Steiner? — repete a mulher mais uma vez em voz alta. — Eleonore e Stephanie Steiner!

Entre os adultos do grupo à espera, ninguém se move.

— Steffi — diz Nelli com a voz trêmula —, ninguém quer ficar conosco?

Steffi não responde. Ela agarra a mão da irmã com força. A mulher da lista volta-se para ela.

— Aguardem um minuto — diz ela e as leva para o lado. — Esperem aqui. Eu volto já.

A mulher mais velha retoma a lista e volta à chamada. Por fim todas as outras crianças desaparecem. Restam somente Steffi e Nelli com suas bagagens.

— Agora podemos voltar pra casa? — pergunta Nelli. — Para mamãe e papai?

Steffi balança a cabeça e Nelli começa a chorar.

— Shhh! — diz Steffi. — Quer parar de manha, você não é nenhum bebezinho!

O som de passos no chão de granito se aproxima mais e mais. A mulher mais jovem dá uma rápida explicação à mais velha, pega uma caneta e faz uma anotação nos crachás de Steffi e Nelli: "As crianças não falam sueco."

— Venham — diz ela. — Vou acompanhá-las até o barco.

Steffi segura a mala com uma das mãos e Nelli com a outra. As duas meninas seguem a mulher em silêncio para fora da estação.

2

Do lado de fora da estação ferroviária, elas tomam um táxi. O sol emana ondas de calor e o clima de agosto é sufocante. Steffi transpira em seu novo sobretudo de inverno. Antes da partida para a Suécia, a mãe havia encomendado à sra. Gerlach, a costureira, um casaco novo para cada filha. Tinha pedido que costurasse forros mais grossos, pois escutara que faz muito frio na Suécia.

Os casacos eram azuis-claros, com golas de seda em um tom de azul mais escuro. Os chapéus que faziam o conjunto também eram do mesmo tom escuro. Steffi teria ficado muito feliz pelo sobretudo, se não o tivesse ganhado apenas por causa da viagem.

Finalmente o carro para e todos podem sair. Ao longo do cais do porto há barcos tão grandes quanto casas. Do lado deles, um barco a vapor branco, ancorado na ponta do cais, se parece com um barquinho de brinquedo.

A mulher paga a corrida de táxi e caminha à frente, carregando a mala de Nelli, que a acompanha. Steffi as segue, carregando sua própria bagagem pesada.

Ao chegar à plataforma de embarque, a mulher compra duas passagens de um tripulante. Ela lhe diz alguma coisa em sueco e aponta para Steffi e Nelli. A princípio o homem nega com a cabeça, mas a mulher continua a falar até, finalmente, convencê-lo.

— Venham — diz ele para as meninas e mostra a elas alguns assentos no interior do barco. Nelli parece decepcionada.

— Mas eu quero ficar ali fora — diz ela, apontando para o convés. — Pergunte se podemos ficar lá fora!

— Pergunte você — diz Steffi.

Nelli dá de ombros e se senta. Somente quando o motor do barco começa a vibrar sob seus pés, Steffi se lembra de que nem disseram adeus à mulher do Comitê de Ajuda. Ela corre para o convés, mas já não a encontra mais.

O barco já deixara o cais e seguia rumo ao rio. A chaminé cospe uma fumaça preta que se desmancha em véus transparentes.

Nelli permanece sentada no mesmo lugar, encolhida como uma boneca de pano. O casaco está mal abotoado e a bochecha suja. Steffi limpa o rosto da irmã com um lenço.

— Para onde estamos indo? — pergunta Nelli.

— Para algum lugar — responde a irmã.

— Para uma colônia de férias no litoral?

— Isso mesmo.

— Então me conta como é esse lugar? — pede Nelli.

— É um lugar com praias quilométricas de areia fofa — diz Steffi —, e palmeiras que crescem ao longo das calçadas. Os turistas ficam deitados em espreguiçadeiras sob barracas coloridas. As crianças brincam no mar ou constroem castelos de areia na beira d'água. Os sorveteiros tiram sorvetes de umas geladeiras penduradas na barriga.

Steffi nunca tinha visto o mar. Mas Evi, sua melhor amiga em Viena, estivera num balneário da Itália havia dois anos.

Quando voltou para casa, contou-lhe tudo sobre as praias com palmeiras, espreguiçadeiras e vendedores de sorvete. Já Steffi e Nelli costumavam passar as férias de verão com mamãe e papai num pensionato às margens do rio Danúbio. Antigamente, antes da chegada dos nazistas.

Steffi percebe que alguém a observa. Ela levanta a cabeça e vê dois homens no banco em frente que as observam com curiosidade.

— Por que eles estão olhando assim pra gente? — pergunta Nelli preocupada.

— Devem ser os crachás — arrisca Steffi.

Um dos homens introduz uma porção de tabaco em pó na gengiva superior. Uma gota de saliva marrom brota do canto da boca. Ele diz alguma coisa ao amigo e cai numa gargalhada exagerada.

— Vamos tirar os crachás — decide Steffi e guarda-os dentro da mochila. — Venha, vamos lá pra fora.

Elas se dirigem à proa. Diante delas, a foz do rio desagua no mar. Um rebocador dirige uma embarcação através da entrada do porto. É uma imagem engraçada, aquele barco pequeno que parece levar a grande embarcação como uma criança que puxa a mãe, impacientemente, para lhe mostrar alguma novidade. Ao longo do cais, há inúmeros armazéns de tijolo vermelho e guindastes gigantescos, que se esticam para cima como girafas de pescoço comprido.

Nelli brinca com seu colar de corais. Na verdade, era o colar da mãe, que o comprara na viagem de lua de mel à Itália, muitos anos atrás. Nelli sempre gostou das pequenas contas vermelhas de formas irregulares. Quando estavam para partir a mãe lhe deu de presente.

— Steffi, me conta mais — insiste ela. — Quando eu chegar lá vou poder nadar?

— Primeiro você vai ter que aprender a nadar — responde Steffi. — De tarde todos vão para os hotéis descansar um pouco. Depois da comida, saem para caminhar nos parques e escutar música tocada pela orquestra.

— A gente vai morar num hotel?

— Sei lá. Talvez a pessoa com quem nós vamos morar seja dona de um hotel.

— Aí a gente vai ter tudo de graça!

— Ou então eles têm uma casa própria. Quem sabe eles não têm uma praia particular?

— Eles têm filhos? — pergunta Nelli curiosa.

Steffi dá de ombros.

— Tomara que eles tenham um cãozinho — diz ela.

— Será que têm um piano? — pergunta Nelli pela centésima vez.

— Com certeza! — afirma Steffi.

Steffi sabe muito bem o quanto a irmã sente falta de um piano. Ela havia acabado de aprender a tocar quando foram obrigados a abandonar o apartamento espaçoso, perto do parque da roda-gigante. Se mamãe tivesse decidido teriam levado o piano, apesar de que teria ocupado, de uma ponta à outra, o único cômodo da família. Mas papai não deixou.

— Nós mal temos lugar para quatro camas — disse ele. — Vamos todos dormir dentro do piano?

O barco deixa a foz do rio e alcança o mar aberto. Algumas formações rochosas sem vegetação vão ficando para trás, enquanto nuvens escuras se formam com o vento intenso em mar aberto. Nelli puxa Steffi pela manga do casaco.

— Steffi, eu posso? Você acha que vão deixar?

— Deixar o quê?

— Tocar piano — responde Nelli. — Vou poder tocar?

— Sim, claro que vai — garante-lhe Steffi. — Mas agora chega.

Nelli passa a cantarolar uma canção infantil, uma das melodias que tinha aprendido a tocar. Nelli herdou a bela voz da mãe; Steffi, não.

A embarcação contorna um cabo. O vento sopra contra o barco que começa a jogar. Steffi se apoia na borda.

— Que frio — reclama Nelli.

— Você pode entrar se quiser.

Nelli fica em dúvida.

— Você vai entrar? — pergunta ela.

— Ainda não — responde Steffi —, eu venho num minuto.

Steffi segura na borda com força e fecha os olhos. O barco balança de um lado para outro. A menina se debruça e vomita na água. Sua garganta arde e ela se sente tonta e fraca.

— Você está doente, Steffi? — pergunta Nelli, preocupada.

— Enjoada — responde Steffi —, acho que é só um enjoo.

Steffi fecha novamente os olhos e se agarra com força na borda do barco. A sensação é de que as pernas não têm forças para sustentá-la. Apoiada na irmã, ela volta ao salão. Com a mochila servindo de travesseiro, Steffi se deita no banco e fecha os olhos. A impressão é de que tudo está girando.

Ela acorda com alguém que a sacode pelo braço.

— Me deixe em paz — murmura ela —, eu quero dormir.

As sacudidelas se tornam ainda mais insistentes e já não se pode ignorá-las. Steffi abre os olhos.

— Steffi — diz Nelli, ansiosa —, nós chegamos!

Steffi precisa de alguns segundos para se lembrar onde estão. Ao seu lado, Nelli quase dá saltos de tanta ansiedade. As faces estão rosadas e a fita do cabelo desfeita deixa algumas das tranças frouxas.

— Acorda! Nós já estamos chegando!

3

O cheiro atinge Steffi como uma parede invisível, quando sobe ao convés. Um cheiro de sal e peixe misturados com algo nojento, podre. As ânsias de vômito retornam. Ela engole em seco enquanto observa a seu redor.

O barco aporta num cais de madeira. Ao longo do cais há fileiras de barcos pintados de branco com cascos encharcados e mastros baixos. O vento assovia atrás deles. Alguns barcos menores, com formatos e dimensões variadas, se espalham nas longas fileiras de ancoradouros. Um quebra-mar, construído com blocos de pedras, protege o porto da arrebentação.

Há grandes armações de madeira espalhadas por toda terra firme. Algumas estão vazias, outras levam redes de pesca penduradas para secar. Uma delas está coberta por algo que se parece com morcegos brancos de asas abertas.

Ao longo do cais há pequenos casebres pintados de vermelho e cinza, com suas extremidades voltadas para o mar. Atrás deles veem-se casas de telhado baixo e cores claras. A impressão é de que foram diretamente construídas nas rochas.

As duas meninas são obrigadas a esperar a bordo, enquanto um garoto leva para terra firme caixotes e sacos, numa carrocinha com pneus de borracha. Um dos sacos se rasga, deixando algumas batatas rolarem pelo cais até caírem na água. Nelli acha engraçado, mas logo para de rir quando um velho ruivo começa a gritar com o garoto.

Por fim, chega a vez das meninas. Steffi segura a mão de Nelli com força enquanto atravessam a prancha.

Uma mulher as espera no cais. Ela usa um pulôver de tricô por cima do vestido florido e um lenço de bolinhas amarrado na cabeça. Na altura das têmporas, alguns cachos loiros teimam em sair por debaixo do lenço. Um vasto sorriso se abre em seu rosto, quando ela avista as duas meninas.

— Eleonore... Stephanie — diz ela, com uma pronúncia estranha. Parece mais *Stêfániii*. Ela se abaixa, segura Nelli no colo e lhe dá um beijo na face.

— Boa-tarde — diz Steffi enquanto lhe estende a mão —, eu sou a Steffi.

A mulher aperta a mão de Steffi e lhe diz algo numa língua estrangeira.

— O que foi que ela disse? — pergunta Nelli.

— Sei lá — responde Steffi. — Ela fala sueco, eu acho.

— Ela não fala alemão? — Nelli se pergunta. — Ela não entende o que a gente diz, não é? — diz Nelli com a voz trêmula.

Steffi balança a cabeça.

— Vamos ter que aprender sueco.

— *Steffi* — diz a mulher. — *Stêfánii. Stêffi*?

— Sim — responde Steffi. — Stephanie. Steffi. Nelli — ela diz apontando para a irmã mais nova. — Eleonore, Nelli.

A mulher assente e sorri.

— Alma — diz ela — Alma Lindberg. Tia Alma. Venham comigo.

Há uma bicicleta apoiada em um dos casebres de pescador. Tia Alma amarra a maleta de Nelli no bagageiro. Ela segura a mão de Nelli, enquanto leva a bicicleta pelas ruelas estreitas que contornam as casas. Atrás delas caminha Steffi carregando a própria mala.

As casas são próximas umas das outras. Parece que crescem do chão e se penduram pelos precipícios. Em volta delas há pequenos jardins com arbustos pesados e árvores frutíferas contorcidas. Perto do porto as casas são pequenas e baixas. Quanto mais longe, maiores ficam.

Tia Alma caminha rapidamente, com passos longos e decididos. Ao lado dela, Nelli se apressa para conseguir acompanhá-la. Steffi fica cada vez mais para trás. Sente a garganta seca e tem um gosto amargo na boca. Ainda que esteja há muitos quilômetros de casa, parece que cada passo que dá a leva para mais e mais longe das casas, ruas e pessoas que fazem parte do seu lar.

A mala é pesada como uma pedra. Por fim, ela a solta e começa a arrastá-la pelo chão ou empurrá-la com os pés.

O barulho da mala no chão de cascalho chama a atenção de tia Alma, que a coloca no bagageiro da bicicleta. Ela mostra a Steffi como caminhar ao lado da bicicleta, equilibrando a bagagem com a mão. É difícil, mas muito melhor do que carregar o peso.

— Steffi — diz Nelli com voz estridente —, onde estão as praias com areia fina? E onde fica o pavilhão de música?

Steffi finge que não escuta.

— E se não tiver nenhum hotel? Ou palmeiras, ou cachorros, ou um piano! — Nelli reclama cada vez mais alto.

— Cale a boca! — repreende Steffi. — A gente ainda nem chegou.

Nesse exato momento, elas param diante de uma casa amarela com varanda envidraçada. Em ambos os lados da escadaria da frente, há canteiros com flores vermelhas, amarelas e azuis. Duas criancinhas loiras correm para fora e se atiram nos braços de tia Alma.

— Eles têm filhos — comenta Nelli, satisfeita —, e são menores do que eu.

Elas deixam bolsas e casacos no corredor de entrada e entram na cozinha. Uma mulher magra de aparência severa está sentada à mesa. Os cabelos grisalhos estão presos num coque à nuca. Os olhos pálidos estudam Steffi e Nelli dos pés à cabeça.

— Pobres crianças — diz ela a tia Alma —, magras e num estado lamentável. Vejamos se conseguimos fazer elas se tornarem gente.

— Tia Märta — diz tia Alma com um gesto na direção da mulher. Steffi lhe estende a mão numa reverência. A mão de tia Märta é fria e áspera.

Tia Alma põe na mesa uma travessa cheia de pães doces e serve refresco em quatro copos, depois o café.

— Pão doce — diz tia Alma e aponta, quando todos se sentam à mesa — Copo. Mesa. Cadeira. Xícara.

Steffi e Nelli tentam repetir as palavras estrangeiras. Algumas são parecidas com o alemão, outras, totalmente diferentes.

— *Cadeirra, stuhl* — diz Steffi.

— *Cadeirra* — diz tia Alma e começa a rir.

— *Cadeirra, cadeirra* — repetem as crianças, encantadas. Em seguida apontam para si mesmas e dizem: — Elsa! John! Elsa! John!

Elas conseguem aprender dez palavras em sueco até que tia Märta se levanta. Ela se dirige ao corredor de entrada, volta com o casaco de Steffi e lhe faz um sinal para vesti-lo.

— Steffi — diz Nelli em tom preocupado —, o que ela quer dizer com isso? O que ela quer?

— Eu não sei — responde Steffi.

Vagarosamente, ela abotoa todos os botões do casaco. Tia Alma as acompanha até a saída.

— Você vai embora, Steffi? — pergunta Nelli em voz baixa — Você não vai ficar aqui?

Tia Märta se dirige para a porta. Steffi coloca a mochila nas costas.

— Não! — Nelli grita — Eu quero que você fique comigo!

— Pare com isso! A gente tem que obedecer.

— Mas a mamãe disse que a gente ia morar juntas. Ela disse que eles tinham prometido!

— Eu sei, mas talvez seja só uma noite. Não precisa ficar com medo.

Nelli abraça a irmã com força.

— Você vem aqui amanhã? — pergunta Nelli com voz trêmula.

— Claro que sim — promete Steffi sem ter a mínima certeza se poderá cumprir a promessa. Ela acompanha tia Märta.

Ao pé da escada ela se vira. Nelli e tia Alma estão em pé na porta. Tia Alma dá um abraço protetor em Nelli.

Tia Märta leva a bicicleta até o outro lado do portão. Do lado de fora, ela faz sinal para que Steffi se sente no bagageiro. Steffi se senta, levando a mala diante de si. A mulher senta-se na bicicleta e começa a pedalar.

Steffi não sabe andar de bicicleta. E nunca foi levada numa bicicleta antes. Sua mãe nunca a deixaria andar de bicicleta nas ruas de Viena, entre todos os carros e bondes. Agora ela tenta se agarrar da melhor maneira possível, com uma das mãos na bicicleta e a outra segurando a mala. Cada vez que passam por uma saliência no caminho, Steffi tem medo de que caiam.

Ao longo do percurso as construções se tornam mais escassas. Elas atravessam um bosque fechado até saírem pelo outro lado. A estrada cruza morros cinzentos e sem vegetação. Das fendas das rochas florescem pequenas urzeiras.

Tia Märta diminui a velocidade na subida de uma ladeira comprida, até parar no topo. Diante delas surge um mar sem fim, de um cinza azulado. As nuvens escuras parecem um telhado maciço por cima do assoalho de água. Rochas marrons e cinza surgem na superfície das águas. As ondas arrebentam contra os rochedos, atirando para o alto uma chuva de espuma branca. Lá longe, a silhueta de uma vela cor de telha faz contraste com o céu e o mar. Ao fundo, o horizonte parece um raio de luz.

— O fim do mundo — pensa Steffi — Isto aqui é o fim do mundo.

Ao sopé da ladeira há uma única casa. Ela fica bem colada a um morro, como se isso pudesse protegê-la do vento. Na praia, há um casebre e um barco ancorado num pequeno cais.

Um trovão retumba com força. A luz de um relâmpago ilumina a escuridão do céu. Tia Märta aponta para a casa e diz alguma coisa em sueco. Steffi não entende a palavra em si, mas ainda assim compreende que é ali onde vai morar. Ali, no fim do mundo.

4

Os primeiros pingos de chuva tocam a testa de Steffi enquanto a bicicleta rola ladeira abaixo. A estrada termina no portão. Vista de cima, a casa parecia pequena. Agora Steffi se dá conta de que tem dois andares e fica em cima de um bloco de pedra. Uma escada leva até a porta de entrada. De cada lado da escada há uma janela que parece encará-la. A casa tem um ar severo, com suas linhas retas e superfícies planas, sem qualquer ornamento.

Tia Märta encosta a bicicleta numa extremidade da casa e sobe a escada na frente da menina.

Quando abria a porta de casa em Viena, Steffi costumava sentir o cheiro do charuto do pai misturado com um suave perfume da mãe. Depois da mudança, quando viviam em um único cômodo e dividiam a cozinha com mais três famílias, os cheiros de repolho cozido e fraldas lavadas impregnavam o ambiente. Toda casa tem um aroma característico. A casa de tia Alma tinha cheiro de pão doce recém-saído do forno. Aqui, o cheiro de detergente forte fere as narinas de Steffi.

Tia Märta lhe mostra a casa. A cozinha é tão limpa que brilha. Tem um grande fogão a lenha e um outro moderno, a eletricidade. A sala ao lado tem móveis simples, de madeira. Num canto fica uma cadeira de balanço grande. Em cima da toalha de mesa bordada há um livro grosso como um tijolo. Deve ser uma Bíblia. As cortinas nas janelas são de algodão com listas azuis.

No andar superior, por cima da escada, há uma espécie de abóbada no telhado inclinado, com um espaço para um banco pregado ao parapeito da janela. Esse lugar agrada a Steffi imediatamente: é claro, porém protegido. Um lugar no qual pode-se sentar e ler um livro, ou simplesmente olhar pela janela. Através de uma porta ela vê duas camas. Tia Märta passa adiante de Steffi e entra num pequeno quarto de telhado inclinado. O papel de parede com estampa marrom dá a impressão de que o quarto é menor ainda. Na parede menor há uma janela quadrada, quase do tamanho de uma escotilha. Embaixo dela fica uma mesa com uma cadeira de madeira. Na parede maior fica a cama, com uma colcha de crochê; do outro lado do quarto, uma cômoda com três gavetas. E mais nada. Nem um adorno, nem um livro, nem um quadro.

Bem na parede da cômoda há uma gravura em cores. Um homem com barba e cabelos compridos, vestido com um camisolão cor-de-rosa, num gesto de bênção. Atrás dele se espalham raios vindos de uma fonte de luz desconhecida.

— Jesus — pensa Steffi —, e por que eu vou ter uma gravura de Jesus na parede? Ela não sabe que eu sou judia?

Tia Märta põe a mala de Steffi sobre a mesa e abre a tampa. Obediente, Steffi desfaz a mala. Tia Märta lhe mostra onde pode pendurar os vestidos atrás de uma cortina no patamar da escada. Outra cortina revela um pequeno cômodo com uma pia.

Steffi guarda suas meias, calcinhas e combinações na primeira gaveta da cômoda. Pulôveres e blusas na segunda.

Na terceira gaveta guarda seus livros, seu diário, papéis de carta, canetas e o porta-joias. O ursinho de pelúcia surrado, ela põe em cima da cama. Já fazia muito tempo que deixara de dormir com ele, mas ainda assim não teve coragem de deixá-lo para trás.

Por fim ela coloca as fotografias em cima da cômoda. Uma foto da mãe, uma do pai e a terceira, de toda a família num passeio ao parque nacional de Wienerwald. Na foto, o pai está sentado num velho tronco de árvore. Steffi está sentada no chão, encostada às pernas dele. Nelli brinca de cavalinho, montada no tronco, e a mãe se encontra atrás do pai, com a mão pousada em seu ombro. Ela se debruça para a frente, como se fosse lhe dizer um segredo ao ouvido naquele instante.

A fotografia fora tirada há dois anos. Quando ainda eram uma família como todas as outras. Uma família que podia fazer passeios, andar de bonde, ir ao cinema e a concertos, sair de férias. Depois, os nazistas tomaram o poder na Áustria e fizeram do país uma parte da Alemanha. Tudo que até então era normal passou a ser proibido para gente como eles. Para os judeus.

Steffi se senta na cama. O cansaço lateja na cabeça. Ela gostaria de dormir, mas em vez disso permanece sentada até que tia Märta retorna. A mulher abre as gavetas e confere seu conteúdo. Ela pega algumas peças de roupa e as dobra antes de repô-las na gaveta.

Quando Steffi se levanta da cama, tia Märta alisa a colcha, até não se ver uma única prega que revele a presença de alguém ali. Em seguida faz um sinal para Steffi segui-la até o andar de baixo. Steffi a acompanha com passos inseguros. A sensação é de que caminha em terreno duvidoso.

A mesa da cozinha está posta para duas pessoas. Tia Märta coloca a comida na mesa: uma travessa com batatas quentes e um prato. No prato há dois peixes fritos. Peixes inteiros, com cabeça e tudo.

Quando as duas se sentam, tia Märta une as mãos e murmura alguma coisa. Depois, serve um dos peixes no prato de Steffi e lhe entrega a travessa com batatas.

Steffi encara o peixe, que a encara de volta com seus olhos brancos e sem vida. Tia Märta corta a cabeça do peixe e retira a pele com a ajuda de uma faca. Steffi faz o mesmo. Quando separa a cabeça do corpo nota um barulho estranho, como algo se rompendo.

Tia Märta serve leite nos copos e entrega a Steffi um pote de geleia vermelha. Em casa, eles estavam acostumados a comer geleia nas panquecas e, às vezes, colocavam um pouco de geleia de framboesa no chá. Papai havia aprendido da vovó, que nasceu na Rússia. Mas geleia na comida? Steffi serve bem pouco no prato e respira aliviada quando vê tia Märta fazer o mesmo.

Ela espeta o peixe com o garfo e coloca um pedaço na boca, bebe um gole de leite e tenta engolir rapidamente, assim não sente tanto o gosto.

Se pelo menos não precisasse ficar com aquela cabeça de peixe nojenta no prato. Ela faz de tudo para não olhá-la. Ao se distrair acaba se engasgando com uma espinha de peixe.

O copo de leite está quase vazio. Será que tem coragem de pedir mais? E como se diz?

Ela bebe o último gole e aponta para a jarra de leite.

— *Bitte?* — diz ela.

Tia Märta assente e lhe serve mais leite. Steffi mastiga e engole, mastiga e engole. Ela tenta comer o máximo possível da carne por baixo da pelanca que se aglomera no canto do prato. O leite termina outra vez e ela não tem coragem de pedir mais. Mal consegue engolir o último pedaço.

Tia Märta já terminou de comer. Ela se levanta da mesa, segura uma panela com água fervendo e derrama o conteúdo na pia da cozinha. Depois aponta para os pratos e a pia.

Antigamente, no apartamento grande, eles tinham uma cozinheira, uma arrumadeira e uma faxineira que vinham todas as semanas. Quando se mudaram era a mãe quem cuidava da casa. O pai achava que Steffi e Nelli poderiam ajudar com tarefas simples, como lavar pratos e tirar o pó. Mas a mãe se recusava.

— Minhas filhas não vão ser escravas do lar! — dizia ela.

Imagine se a visse agora, enquanto tenta sem jeito jogar os restos de peixe dos pratos na lata de lixo. Depois os mergulha, um por um, na água fervendo. Ela busca, nervosa, uma esponja de cozinha para esfregar a camada de gordura no fundo dos pratos e logo os coloca na bacia de água limpa.

Quando Steffi termina de lavar os pratos suas mãos estão vermelhas e inchadas. Ela limpa a mesa com um pano e lava-o na torneira. O pano tem um cheiro horrível.

Tia Märta varre o chão e limpa o fogão. Ela controla os pratos, passa o dedo em um deles, e mostra a Steffi que não está perfeitamente limpo.

Quando tudo está pronto, tia Märta tira o avental, liga o rádio da sala e se senta na cadeira de balanço. Steffi permanece na cozinha. Se o rádio tocasse música, ela escutaria com prazer, mas é só uma voz de homem que fala numa língua incompreensível. Como tia Märta parece não se interessar pelo que ela faz, decide subir para o quarto.

5

Steffi sobe em silêncio a escada e entra no pequeno quarto de teto inclinado. Ela abre a gaveta de baixo da cômoda e retira o papel de carta e o estojo de canetas. A caneta é novinha em folha. Ela ganhou do pai na última noite, antes da partida.

— Para que você possa escrever lindas cartas — disse ele quando a retirou do pequeno estojo com forro de seda azul-escura.

Steffi pega caneta e papel e vai para o banco à janela. Ela retira a tampa da caneta-tinteiro e olha para fora.

Através das rajadas de chuva que castigam a vidraça, ela avista uma descida de pedras que chega até a água, com pouca vegetação e uma grama mal distribuída. À beira-mar, a praia é coberta por milhões de pedras de tamanhos variados. As ondas arrebentam no quebra-mar com um estrondo que atravessa as janelas fechadas. Tudo é cinza — pedras cinza, mar cinza, céu cinza.

Mamãe e papai queridos, ela escreve. *Eu tenho tanta saudade de vocês. Agora chegamos ao lugar onde vamos morar. Fica numa ilha no meio do oceano. Nós viemos de barco para cá, não sei quanto tempo durou a viagem porque eu passei mal e acabei dormindo.*

Nelli e eu não podemos morar com a mesma família. Não sei por quê. A tia de Nelli se chama Alma e é boazinha. Ela tem dois filhos pequenos. Eu vou morar na casa da tia Märta. Ela é...

De repente, a menina para de escrever. Como descrever a tia Märta? Steffi imagina o rosto da mulher na sua frente. O rosto severo, com os cabelos esticados para trás, os traços profundos em volta da boca, os olhos de um azul tão claro que quase parecem não ter cor.

Olhos de peixe, pensa Steffi sentindo um arrepio.

...bastante severa, ela escreve. *Ela não fala alemão. A tia de Nelli também não. Eu não sei se há mais alguém aqui com quem a gente possa conversar.*

Uma gota cai no papel de carta, apagando a última palavra.

Mamãe! — ela escreve. — *Por favor, venha nos buscar! As únicas coisas que existem aqui são mar e pedras. Eu não vou conseguir viver aqui. Por favor, me tire daqui senão eu morro.*

Steffi deixa a carta de lado. O choro arde na garganta. É impossível evitá-lo. Ela corre para o quartinho e quase se atira na cama, quando se lembra que tem de tomar cuidado com a colcha. Em vez disso, se deita no chão com as costas apoiadas no canto da cama.

Quando os soluços cessam, Steffi se sente vazia, como se tivesse um imenso buraco por dentro. Ela entra no pequeno lavatório e lava o rosto com bastante água fria.

A carta continua no parapeito da janela. Steffi a lê. "*Por favor, venha nos buscar!*", e como seria possível? Mamãe e papai não têm permissão para viajar para a Suécia. Eles não poderiam vir mesmo se quisessem.

Ela não pode mandar uma carta dessas para mamãe e papai. A mãe ficaria muito triste e talvez se arrependesse de tê-las deixado partir. O pai ficaria decepcionado com Steffi, a "mocinha do papai".

Steffi amassa a carta decididamente até transformá-la numa bola. Ela procura uma lata de lixo, mas não encontra nenhuma. Dentro do quarto, ao lado da janela, há uma pequena abertura com um barbante amarrado na tampa. Ela puxa o barbante, abre a tampa e joga a bola de papel lá dentro. Em seguida arruma o papel de carta na mesa e começa a escrever uma nova carta.

Queridos papai e mamãe! Acabamos de chegar no lugar onde vamos ficar hospedadas. É uma ilha no meio do mar. Nós viajamos até aqui de barco. Foi emocionante. Eu tenho um quarto no segundo andar com vista para o mar. Todos são atenciosos conosco. Nós já aprendemos até um pouco de sueco, não é tão difícil.

Eu espero que vocês consigam logo o visto de entrada para os Estados Unidos. Assim vamos poder ficar todos juntos outra vez. Mas por enquanto Nelli e eu estamos muito bem por aqui. Temos até um cachorro marrom e branco. Nós podemos brincar com ele sempre que queremos. Eu volto a escrever em breve para contar mais novidades.

Sua querida Steffi.

Ela escreve o endereço no envelope, guarda a carta e passa a língua para fechar. Agora só precisa de selos.

Tia Märta está sentada à mesa da cozinha com uma xícara de café pela metade. Steffi lhe mostra a carta.

— Selos — ela tenta dizer —, eu preciso de selos.

Ela aponta para o canto do envelope, onde os selos costumam ficar. Tia Märta assente e diz alguma coisa em sueco.

Steffi tem a impressão de que escutou a palavra "Post". Talvez elas possam comprar selos no correio. Deve ser isso.

— Café? — diz tia Märta apontando para a xícara. Steffi abana a cabeça. Café é coisa de adultos. Tia Märta vai até a dispensa e traz a leiteira. Enquanto ela a segura com uma das mãos, finge que leva um copo até a boca com a outra. Steffi assente com um sorriso. É bem engraçado ver tia Märta tentando se comunicar com ela.

"Nós nos parecemos com duas surdas-mudas", pensa Steffi. "Cada qual, em sua própria língua."

Steffi recebe o copo de leite e toma tudo. Depois tia Märta une as duas mãos, encosta-as ao rosto e fecha os olhos. Steffi assente mais uma vez. Realmente sente-se exausta.

— Boa-noite — diz ela ao subir as escadas.

Steffi veste a camisola de flanela, lava-se e escova os dentes. Em seguida, dobra a colcha e a pendura ao pé da cama. As roupas, ela dobra cuidadosamente em uma pilha e deixa em cima da cadeira.

Deitar-se embaixo das cobertas é uma sensação agradável, mesmo que não tenham um aroma familiar. Ela afunda o nariz no ursinho de pelúcia macio e aspira sua bem conhecida fragrância.

Apesar de se sentir exausta, não consegue dormir. Permanece deitada durante um bom tempo, escutando a chuva que bate no telhado. Nunca havia escutado tão nitidamente, de dentro de casa, o barulho de chuva. Depois de algum tempo se levanta e olha através da janela. Somente escuridão do lado de fora. Nem uma lâmpada na rua.

"Quando você fizer 12 anos, vai ganhar um quarto só para você", diziam papai e mamãe, no tempo em que todos ainda moravam no apartamento grande. Naquela época, ela sonhava com o dia em que não precisaria dividir o quarto de crianças com Nelli. Agora tinha 12 anos e ganhara um quarto só para ela, mas na casa errada. No país errado.

Finalmente o corpo se entrega ao cansaço e Steffi mergulha numa escuridão morna. Ela quase dorme quando a porta se abre cuidadosamente. De olhos fechados, ela escuta os passos que se aproximam da cama. Rapidamente, como num sonho, a mão de alguém toca seu rosto. No instante seguinte a porta se fecha outra vez.

6

O corpo já sabe que alguma coisa está errada, antes mesmo de o cérebro acordar e se lembrar. Steffi tenta manter os olhos fechados para permanecer no mundo dos sonhos, mas é impossível. Os raios de sol atravessam a abertura da cortina. Da cozinha escutam-se ruídos e passos. É de manhã, sua primeira manhã na ilha. A primeira de quantas? Um mês? Dois? Três?

"No máximo seis meses", disse papai, quando estavam na plataforma da Estação do Leste, em Viena. "Alguns meses, talvez meio ano, e logo nós vamos conseguir o visto de entrada. Então nos encontramos todos em Amsterdã para viajarmos juntos para a América do Norte."

Ela vira a cabeça a fim de observar as fotografias em cima da cômoda. Mamãe sorri, mas papai a encara sério por trás dos óculos. Ela se senta na cama com as pernas dobradas embaixo das cobertas.

"Podem ficar calmos, mamãe e papai. Eu já sou grande. Prometo que vou tomar conta de Nelli."

Steffi se veste, se lava e se penteia diante do pequeno espelho no lavatório. O cabelo está embaraçado e difícil de pentear. Ela não o desembaraça desde a manhã retrasada, antes de partirem para a estação.

Quando Steffi e Nelli reclamavam que era trabalhoso ter cabelos compridos, a mãe costumava dizer que o trabalho valia a pena.

"Vocês têm um cabelo tão cheio e bonito que seria uma pena cortá-lo."

Ela encara a imagem do espelho, a menina do espelho a encara também. O rosto no espelho é fino, com olhos castanhos e uma boca grande. Os cabelos pretos chegam quase à cintura. Ela os divide no meio e faz duas tranças bem-comportadas.

— Bom-dia — ela cumprimenta tia Märta na cozinha. Tia Märta responde algo que soa quase idêntico.

Ela come mingau de aveia no café da manhã. O mingau é um bolo viscoso, mas Steffi está faminta e come tudo. Satisfeita em vê-la com apetite, tia Märta lhe serve mais uma porção.

Enquanto Steffi come, o telefone toca. A mulher atende e conversa por alguns instantes. Quando desliga volta-se para Steffi.

— Nelli — diz ela, apontando para fora através da janela da cozinha. — Você... Nelli!

Steffi deixa a colher pousar no prato. Alguma coisa aconteceu com Nelli! Será que ficou doente? Ou sofreu um acidente? Gaguejando, ela tenta perguntar o que aconteceu. Mas tia Märta não entende a pergunta. Ela acompanha Steffi até fora de casa e aponta para a bicicleta.

Talvez não seja tão difícil andar de bicicleta.

Steffi leva a bicicleta até o caminho e pisa no pedal. Quando coloca o pé no outro, perde o equilíbrio e é obrigada a pisar no chão rapidamente. Ela faz várias tentativas.

Na quarta vez, consegue dar uma pedalada completa antes de derrubar a bicicleta. Ela cai com a bicicleta por cima, machucando o joelho, que começa a sangrar. Então desiste e volta a encostar a bicicleta na parede do canto da casa.

Ela corre ladeira acima, por entre as rochas e o pequeno bosque. O caminho é muito mais comprido do que parecia ontem, quando tia Märta a levava de carona. Quase sem fôlego e com pontadas no lado da barriga, ela chega à casa amarela e bate na porta.

Tia Alma abre a porta e a leva para dentro. Na cozinha está Nelli, de camisola e vermelha de tanto chorar. Quando avista a irmã, corre imediatamente para seus braços.

— Steffi, Steffi — choraminga ela. — Eu quero ir para casa! Eu quero a mamãe!

— Qual é o seu problema? — pergunta Steffi num tom não muito amigável.

Nelli chora ainda mais.

"Cuide bem da sua irmã", disse a mamãe antes que partissem, "não deixe de consolá-la quando ficar triste ou tiver medo. Você é a irmã mais velha".

— Aconteceu alguma coisa? — pergunta Steffi, esforçando-se para manter um tom mais amigável.

Nelli assente.

— O quê?

— Eu não consegui evitar.

— Conte o que aconteceu.

— Eu fiz xixi na cama.

— O quê? — diz Steffi. Nelli já não fazia xixi na cama havia cinco anos.

— Eu não consegui segurar. Eu tentei, mas tava muito apertada.

— Você fez dormindo?

Nelli nega com a cabeça.

— Acordada? Mas por que não foi ao banheiro?

— Não tem banheiro aqui dentro — respondeu Nelli. — Você tem que sair e ir até uma casinha no jardim que fede muito.

— Foi por isso que você não quis sair?

Nelli nega com a cabeça.

— Não foi só por isso.

— Então, por quê?

— Eu não tive coragem. Tava muito escuro e eu fiquei com medo que eles viessem me pegar.

— Eles quem? — pergunta Steffi, apesar de já saber a quem Nelli se refere.

— A polícia — murmura Nelli, baixinho. — Os nazistas.

— Nelli — Steffi explica —, agora nós estamos na Suécia. Aqui não tem nazistas. Aqui a polícia não sai apanhando gente no meio da noite. Entendeu isso? É justamente por isso que nós viemos pra cá.

— É — diz Nelli —, mas quando fica escuro, eu me esqueço disso.

Steffi passa um longo tempo tentando explicar a tia Alma que a irmã tem medo de ir ao banheiro fora de casa, à noite. De alguma maneira parece que a mulher compreende, pois coloca um urinol de louça embaixo da cama de Nelli. Em seguida, desinfeta o joelho de Steffi com um líquido que arde e põe um band-aid no machucado.

Enquanto isso Nelli se veste e coloca o colar de corais no pescoço. Tia Alma balança a cabeça, retira o colar e guarda-o na gaveta de Nelli. Nelli quase começa a chorar outra vez, mas tia Alma vai buscar o melhor vestido da menina e lhe mostra que poderá usar o colar para ficar mais bonita, em ocasiões especiais.

O céu está limpo e faz bastante calor. Steffi e Nelli vão para o jardim, com os filhos de tia Alma. Elsa e Nelli brincam com um bebê de brinquedo na mesa do jardim. Elas lavam e vestem o bebê. John quer que Steffi jogue bola com ele, mas perde a bola o tempo todo.

Algumas meninas da idade de Steffi passam de bicicleta pelo caminho, levando as roupas de banho penduradas no guidom e as toalhas, no bagageiro.

As meninas param do outro lado da cerca e encaram Nelli e Steffi. Uma menina loira e alta comenta alguma coisa com as outras, que começam a rir.

"Como se a gente fosse macacos no zoológico", pensa Steffi.

— Steffi, o que elas querem? — pergunta Nelli, preocupada. — Elas vão fazer alguma coisa conosco?

— Não — responde Steffi de forma decidida. — Elas só são chatas, mas não são perigosas.

Uma menina de cabelos cor de cobre diz alguma coisa a Steffi. Steffi inclina a cabeça para mostrar que não entende sueco e ela começa a rir sem malícia.

A menina loira começa a pedalar e as outras a seguem. Com os maiôs coloridos balançando de um lado a outro, o grupo desce a ladeira.

— Elas vão à praia — diz Nelli —, vão tomar banho de mar. Eu também quero ir.

— Não podemos — diz Steffi num tom de irmã mais velha compreensiva. — A gente não tem roupa de banho.

Havia muito tempo que já não nadavam em Viena. Os cartazes proibiam. Cartazes que diziam: Proibido para judeus. Quando a mãe foi buscar os maiôs para levarem na viagem, já estavam pequenos demais.

Tia Märta aparece de bicicleta com uma grande bolsa pendurada no guidom. Ela segura a carta de Steffi e aponta na direção do povoado.

"O correio", pensa Steffi e decide acompanhá-la. Por algum motivo, ela tem a impressão de que a carta nunca será enviada caso não esteja presente.

— Espere um pouco — diz ela a Nelli —, eu vou ao correio e já volto.

O correio fica na mesma casa onde fica o armazém; uma construção grande e quadrada com telhado de zinco. Steffi fica ao lado de tia Märta, quando ela pede selos à caixa do correio.

— Para Viena — diz tia Märta —, na Áustria.

— Para o Império Alemão — diz a caixa —, são 30 centavos. Então a sra. Jansson tem amigos no estrangeiro, hein?

— A carta é da garota — responde tia Märta. — Para os pais dela.

A caixa estuda a menina de cima a baixo.

— E quem é a garota? — pergunta ela.

— É uma menina judia — responde tia Märta. — Eles estão passando por maus pedaços lá embaixo, por isso eu e Evert resolvemos recebê-la na nossa casa. Até os pais conseguirem viajar. Eles querem ir para a América.

— Pobrezinha — comenta a caixa. — Completamente sozinha no mundo.

— Ela está muito melhor aqui do que lá — responde tia Märta abruptamente. — Além disso ela também tem uma irmã.

— É como eu sempre digo. Que tempos são esses! A senhora acha que a guerra vai começar?

— O que o homem faz não é a vontade de Deus! — diz tia Märta e abre o porta-moedas para retirar o dinheiro. — Obrigada.

Steffi acompanha tia Märta até o armazém e a espera enquanto faz compras. Ela reconhece o homem por trás do balcão. É o ruivo mal-humorado que brigou com o garoto ontem, no cais. Enquanto atende a tia Märta, ele a observa várias vezes. Alguma coisa em seu olhar lhe causa mal-estar.

Pouco antes de saírem da loja, entra uma menina. É a loira que fez as outras meninas rirem. Ela está com os cabelos molhados e leva uma toalha nos ombros. A menina passa para o outro lado do balcão e enche um saco de balas com caramelos. Simplesmente as pega, sem nem perguntar ou fazer qualquer menção de pagar.

O vendedor sorri e lhe dá tapinhas amistosos nas bochechas. Ela põe uma bala na boca e começa a mascar ruidosamente, sem desviar um só momento dos olhos de Steffi, até a porta se fechar por trás dela. Quando Steffi e tia Märta finalmente saem da mercearia, ela ainda avista a menina e sua bicicleta azul-clara desaparecerem na curva da estrada.

7

Quando retornam à casa de tia Alma, Nelli a espera no portão. Os olhos brilham e ela grita de longe.

— Steffi! Steffi! A gente vai tomar banho de mar!

— Nós não temos roupa de banho.

— Não temos, hein? — grita Nelli, triunfante, enquanto estica a mão para mostrar o maiô que tinha escondido atrás das costas — Olha o que eu tenho aqui!

— Onde você arranjou isso?

— Ganhei da tia Alma. Você também deve ter ganhado um da tia Märta, não é? Mas a tia Alma disse que primeiro a gente vai comer.

— Mas você não entende sueco.

— Entendo, sim! Pelo menos entendo quando a tia Alma fala comigo, sim.

Tia Märta e tia Alma conversam em pé diante da cerca. Quando tia Märta sobe na bicicleta e começa a pedalar, tia Alma aponta para Steffi e para o maiô novo de Nelli.

— Eu não disse? Você também vai ganhar um.

O maiô de Nelli é amarelo e liso. Steffi gostaria de ganhar um igual, ou ainda melhor, um vermelho.

Elas comem sanduíches de queijo e tomam leite na mesa da cozinha de tia Alma. As crianças pequenas estão animadas e

John derrama o leite por toda a mesa. Tia Alma não se zanga. Apenas seca a mesa e serve mais leite no copo.

Tia Märta fica em pé junto à porta. Em uma das mãos segura uma toalha, na outra uma coisa preta que entrega para Steffi. É um maiô, um maiô de mulher, velho e feito de lã grossa.

Steffi olha para o maiô. O tecido é tão velho que tem manchas esverdeadas. Tia Alma tenta encorajá-la com um sorriso. Tia Märta parece esperar por alguma coisa.

— *Danke schön.* — diz Steffi baixinho entre os lábios tensos. — Muito obrigada.

— Steffi? — pergunta Nelli em voz baixa. — Isso aí é um maiô? É o seu maiô?

— Cale a boca! — grita Steffi. — Se você disser mais alguma coisa, eu te belisco até ficar roxa.

Nelli para imediatamente de falar. Tia Alma já guardou as toalhas e roupas de banho e espera junto à porta. Não há mais nada a fazer senão segui-la.

Eles andam ao longo da trilha que leva à praia. Tia Alma segura a mão do filho. Elsa e Nelli correm uma atrás da outra, brincam e riem.

Steffi vai por último. Ela segura o horrível maiô com a ponta dos dedos, para evitar tocar na fazenda. No fim da trilha encontram algumas bicicletas estacionadas, atiradas displicentemente umas contra as outras. Steffi enrola o maiô na toalha.

A praia é estreita e cheia de pedras. Não se veem nem soldados, nem barracas, nem vendedores de sorvete em parte alguma. Uma moça está sentada numa esteira com três crianças. Além disso, a praia está deserta, mas lá longe nas rochas, Steffi avista algumas crianças tomando banho. Uma das meninas tem cabelos ruivos que brilham ao sol.

Tia Alma estende sua manta de praia na areia, senta-se e abre alguns botões da blusa. Ela ajuda o filho a se trocar. Nelli e Elsa atiram as roupas, vestem os maiôs e saem correndo para o mar. Elas brincam de jogar água uma na outra e também na arrebentação. Em seguida deitam-se com as mãos na areia e fingem nadar no raso.

Steffi senta-se ao lado de tia Alma. A mulher aponta a toalha e olha para ela com um ar de interrogação. Steffi balança a cabeça. Tia Alma desenrola a toalha e lhe estende o maiô.

— Não — responde Steffi. — Eu não quero nadar.

Tia Alma fala e gesticula. Ela estica a mão para Steffi e tenta levá-la até a água. Steffi abana a cabeça insistentemente até tia Alma desistir. Ela tira os sapatos e as meias e leva o pequeno John até a água. Tia Alma segura-o pelas mãos enquanto ele experimenta a água com os dedos dos pés.

Algumas crianças aparecem nas rochas do cabo. Suas vozes estridentes chegam nitidamente até a praia. Elas riem e se empurram para chegar primeiro. São as meninas que ela vira de manhã, da casa de tia Alma. E alguns meninos também. A menina loira da mercearia tem um maiô branco com um laço vermelho atrás. A ruiva tem um verde.

Nelli se aproxima correndo e se sacode como um cachorro molhado. Pingos d'água escorrem de suas tranças quando ela sacode a cabeça.

— A água tá quente, Steffi — grita ela. — Você não vai nadar?

— Pois é, imagine só! Não vou não — responde Steffi de mau humor.

— Mas por quê? — pergunta Nelli.

— Não é da sua conta.

— Vem — insiste Nelli —, eu quero brincar com você na água.

— Nunca na minha vida eu vou vestir aquele maiô horrível — diz Steffi. — Nunca!

— Na... não, então você não vai poder nadar mesmo — conclui Nelli, sem emoção. — Pois eu vou nadar o dia inteiro.

Nelli parece satisfeita com seu maiô amarelo. Sem saber bem por quê, Steffi atira um punhado de areia na irmã. Só na perna, mas Nelli começa a chorar e tia Alma corre em direção dela. Ela segura Steffi pelos ombros e a sacode com força. Depois consola Nelli e a leva até a água para limpar a areia da perna.

Steffi continua sentada no sol a transpirar. Se não tivesse brigado com Nelli poderia molhar os pés. Mas agora tem de ficar sentada, enquanto Elsa e Nelli catam conchas na areia e tia Alma brinca com John. A manta de praia é como uma pequena ilha na qual Steffi está totalmente sozinha.

Na ponta da península, as crianças já acabaram de tomar banho. Elas se secam e trocam de roupa enquanto riem alegremente. As meninas improvisam juntas uma cortina com as toalhas, para trocar a roupa de banho molhada. Os meninos ameaçam espiar por trás das toalhas.

Quando o grupo de crianças passa por Steffi na praia, ela desvia o olhar. Uma voz de menina grita alguma coisa. Steffi permanece imóvel. Talvez, se fingir que não os escuta, eles simplesmente vão embora. Ela afunda a mão na areia e mantém o olhar para baixo.

As crianças vão embora rindo e falando alto. Steffi as observa. A menina loira vai no meio de todos os outros. Quando chegam às bicicletas, a menina de cabelos ruivos se volta. Ela levanta uma das mãos num gesto que parece um aceno.

Quando Steffi chega em casa, tia Märta aponta para a toalha e depois para o varal, que se estende de uma extremidade da casa até um poste de madeira no jardim. Primeiro Steffi pensa em mostrar à mulher que as roupas não estão molhadas, mas se arrepende e decide ir até o varal. Ela descobre uma bomba d'água pintada de verde, bem ao lado do depósito de lenha, e consegue bombear até que a água jorre pela torneira.

Steffi põe o maiô embaixo da torneira até encharcá-lo bastante. Depois o enrola outra vez na toalha, até deixá-la úmida o bastante para que dê a impressão de ter sido usada. Ela pendura as peças no varal. Tia Märta não vai perceber nada.

8

Faz sol durante a primeira semana inteira na ilha.

Diariamente, Steffi caminha da casa branca no fim do mundo até a casa amarela com varanda envidraçada.

Diariamente, tia Alma leva as meninas e os próprios filhos para a praia.

Diariamente, Steffi permanece vestida dos pés à cabeça sentada na manta, enquanto Nelli e as outras crianças brincam na beira d'água, e as crianças mais velhas dão saltos e mergulham dos rochedos.

É provável que tia Alma pense que ela não sabe nadar e, por isso, tem vergonha. Pelo menos não tenta convencê-la a fazer isso.

Uma manhã, quando Steffi acorda e não vê um raio de sol no chão diante da janela, respira aliviada. Faz um tempo nublado, cinzento e de vento forte. Ela veste um pulôver antes de partir como de costume para a casa de tia Alma. Tia Märta aponta para o maiô no varal e balança a cabeça. Ela diz alguma coisa que Steffi interpreta como *banho* e *frio*.

— Nadar, não — diz Steffi. — Nelli... — Seu sueco não é suficiente para mais do que isso.

Tia Märta assente e leva Steffi para a sala onde fica o relógio de parede. Ela aponta para o número três e diz:

— Em casa. Às três horas.

Steffi concorda com a cabeça. Às três horas.

— Evert — diz tia Märta. — Papai. Vem para casa.

Steffi finge que entende, é mais fácil assim.

Nelli e as crianças desenham, sentadas na grande mesa da cozinha de tia Alma. Enquanto isso, tia Alma mexe numa travessa. Ela sempre está ocupada com alguma coisa. Ela cozinha, faz bolos, lava pratos, dá polimento, faz faxina. Mas ao contrário de tia Märta, que sempre trabalha com um ar sério, parece que nada dá muito trabalho para tia Alma. As colheres, panos de limpeza e vassouras dançam em suas mãos, como se fizessem todo o trabalho sozinhos. A massa se desenrola com facilidade na tábua de fazer pão, os pratos voam da bacia de louças diretamente para o secador.

Nelli desvia o olhar de seu desenho e diz:

— Hoje nós não vamos nadar.

— Ainda bem — diz Steffi.

Ela pega lápis e papel e começa a desenhar uma menina com olhos grandes e cabelos cacheados. Trabalha com afinco na boca. Vai ser bonita e em forma de coração. Ela apaga várias vezes até ficar satisfeita. A menina tem um ar triste. Bela e triste. Um pouco parecida com Evi, sua melhor amiga em Viena.

Elsa admira o desenho de Steffi. Seus desenhos são quase sempre princesas de cabelos loiros e vestidos vermelhos. John é pequeno demais para desenhar. Ele só consegue fazer linhas e rabiscos, conclui Steffi.

Steffi dá a volta na mesa e observa o desenho de Nelli. A imagem mostra duas pessoas de joelhos numa calçada. Ao lado delas há um homem uniformizado. Ele tem uma arma apontada para as duas pessoas. Atrás deles, em um cartaz quadrado, está escrito em letras vermelhas: JUDEU.

Steffi compreende bem o que Nelli quer dizer. Ela também assistiu à mesma cena, havia quase um ano e meio, quando os alemães chegaram a Viena.

Elas estavam voltando do parquinho. Do lado de fora da loja de casacos de pele, onde mamãe costumava fazer compras, viram o velho vendedor e sua mulher de joelhos, lavando a calçada, cada qual com sua escova. Um homem de uniforme com uma arma na mão fazia a guarda. Em volta deles havia uma multidão de pessoas. Ninguém ajudou o velho casal. Pelo contrário, riam deles e faziam piadas. Nas vitrines da loja alguém tinha pintado a palavra JUDEU, em letras vermelhas de um metro de altura. Steffi segurou a mão de Nelli e fugiu correndo do lugar.

— Você não devia desenhar essas coisas. Em vez disso desenhe alguma coisa bonita.

Ela pega o desenho de Nelli e faz uma bola de papel com ele.

— Por que você fez isso? — protesta Nelli.

— Faça um desenho bem bonito — diz Steffi —, para dar de presente à tia Alma.

Mas Nelli já não quer mais desenhar.

— Venha comigo que eu vou mostrar uma coisa — ela diz a Steffi e a arrasta até a sala de estar. Na sala há um sofá antiquado, com espaldar reto, uma mesa com toalha de crochê, algumas cadeiras com assento estofado. E um pequeno órgão. É isso o que Nelli quer lhe mostrar.

— Um piano — diz ela —, aqui tem um piano.

— Não é um piano, é um órgão — diz Steffi. — Você sabe, como na escola.

— É quase a mesma coisa — diz Nelli e se senta diante do órgão. Seus pés mal alcançam os pedais.

— Eu posso tocar nele. A tia Alma deixou.

Ela começa a tocar uma melodia infantil. Steffi percorre a sala observando-a. Numa parede há um móvel com portas de vidro. Dentro dele há vários enfeites: um estojo com diversos tipos de conchas do mar, uma cesta de porcelana com pequenos botões de rosa, duas estatuetas de porcelana, um pastor e uma pastora, entre outras coisas. O mais bonito é um pequeno cachorro de porcelana. Ele é marrom e branco, mas o focinho não é preto, e sim dourado. Leva uma coleira azul e a cabeça está inclinada.

— Nelli! — grita tia Alma da cozinha. Nelli para de tocar, desce do banco e corre para a cozinha.

Steffi permanece na sala admirando o cãozinho. Ele é tão bonitinho. Ela gostaria de segurá-lo só um pouquinho. Há uma chave de metal na fechadura da cristaleira. Ela torce a chave, abre a porta e retira o cão com cuidado. A porcelana é lisa e fria. Ela mexe no cachorrinho inteiro e lhe faz carinho com cuidado.

— Mimi — diz ela baixinho —, você vai se chamar Mimi.

— Steffi! — ela escuta a voz de tia Alma da porta.

Rapidamente, sem refletir, ela esconde o cachorro no bolso do vestido. Com o cotovelo, empurra a porta do armário que se fecha.

Tia Alma serve leite e sanduíches na cozinha. Steffi não come quase nada. Na casa de tia Alma ela é apenas uma visita, uma boca a mais. Por isso agradece, mas recusa quando tia Alma lhe oferece mais um sanduíche.

— Eu... não com fome — diz ela em seu sueco desajeitado.

Steffi usa apenas a mão direita quando come e bebe. A mão esquerda segura a figura de porcelana no bolso do vestido. Ela vai colocá-lo no lugar assim que tiver uma oportunidade.

Depois do lanche, tia Alma manda-os para o jardim. Ela pretende limpar a casa e não quer crianças por perto.

A pequena figura de porcelana parece queimar o bolso do vestido de Steffi. Ela a segura o tempo todo para que não se quebre. Steffi se senta no sofá do jardim, à espera de que tia Alma os deixe entrar em casa. Assim, poderá entrar na sala de estar e guardar o cachorro de porcelana em seu lugar.

Ela escuta as batidas do relógio através da janela: um, dois e três. Já são três horas. Tem de voltar para casa!

— Eu vou embora — grita ela para Nelli.

Mimi vai ter de acompanhá-la até a casa branca. Mas amanhã ela vai ter, com certeza, uma oportunidade de repô-lo no armário.

9

Steffi anda apressadamente o caminho inteiro. Quando abre a porta da rua, escuta o relógio bater. Três e quinze.

Tia Märta sai da cozinha. Não tem cara de zangada, apesar de Steffi estar atrasada. Ela parece até mesmo estar contente.

— Venha — diz ela e passa adiante em direção da sala.

Um homem está sentado na cadeira de balanço. Quando Steffi entra, ele se levanta e anda em sua direção. Ele usa calças azuis e um pulôver. A mão que lhe estende é grande, quente e calosa. O rosto é bronzeado e cheio de rugas. Um vago cheiro de peixe emana de suas roupas.

— Tio Evert — diz tia Märta.

— Steffi — diz Steffi.

— Sinta-se bem-vinda na nossa casa — diz o homem num tom carinhoso.

— Obrigada.

— Ela entende! Você viu, Märta? Ela entende!

— Ah, um pouquinho — responde tia Märta e se dirige à cozinha a fim de preparar o jantar.

Tio Evert se senta novamente na cadeira de balanço. Steffi se senta numa cadeira à frente dele. Os dois se observam. Os olhos do tio Evert são azul-claros. Dão a sensação de que enxergam muito longe dali, através dela e adiante, mundo afora. Como se tivessem observado o mar por tanto tempo que o mar houvesse se mudado para dentro deles.

Por fim, tio Evert quebra o silêncio. Ele fala devagar e busca as palavras certas.

— *Ich... Fischer.* — Ele aponta para o mar. — *Farhen weit... mit Boot.*

Steffi assente animada. O alemão do tio Evert é pior do que seu próprio sueco, mas suficiente para que entenda que ele é pescador e viaja para bem longe, no mar, com seu barco.

Tateando, iniciam uma conversa que mistura alemão, sueco e linguagem de sinais. Steffi lhe conta que seu pai é médico e que a mãe foi cantora de ópera antes de se casar. Tio Evert lhe conta que foi marinheiro quando jovem, e então aprendeu um pouco de alemão.

— Hamburgo — diz ele —, Bremerhaven, Amsterdã. — E Steffi então compreende que ele viajou em um navio que passou por portos do norte da Alemanha e da Holanda. É a primeira vez desde que chegou à ilha que consegue conversar com mais alguém além de Nelli. Gostaria de continuar a conversa durante a tarde inteira.

— Evert — chama tia Märta da cozinha —, a comida está quase pronta.

Tio Evert se levanta.

— Lavar... *waschen*... — diz ele e aponta para suas roupas de trabalho. Desaparece nas escadas. Steffi entra na cozinha para pôr a mesa. Três pratos, três copos, três garfos e três facas em vez de os dois de sempre.

Alguma coisa dura bate na perna esquerda. O cão de porcelana! Ela tinha esquecido completamente. E se estiver quebrado? Ou se tia Märta notar que há alguma coisa no bolso e quiser saber o que é? Ela tem de escondê-lo em alguma parte. Quando escuta que tio Evert já terminou de usar a pia do lavatório e entrou no quarto, mostra suas mãos para tia Märta e repete o que ele disse:

— Lavar...

Tia Märta assente num tom de aprovação. Steffi sobe as escadas com pressa e entra em seu quarto. Ela enrola Mimi em um lenço, abre a última gaveta da cômoda e a esconde entre seus outros tesouros. Em seguida se apressa em lavar as mãos.

Com as mãos unidas, Steffi e tio Evert escutam a oração entoada por tia Märta.

— Agradecemos, Senhor, pelo pão de cada dia, em nome de Jesus.

— Amém — dizem Steffi e tio Evert em coro.

Em seguida tia Märta começa a conversar com o marido sobre a pesca e as novidades da ilha enquanto ele esteve fora. Steffi compreende apenas algumas palavras. Ela continua em seu lugar, calada, removendo o peixe cozido em seu prato. Retira a pele cinza e pegajosa e mistura a carne com a batata e o molho. A mistura branca não lhe desperta nem um pouco o apetite.

Como de costume, Steffi bebe leite para ajudar a engolir a comida e, como sempre, o copo se esvazia muito antes do prato. Ela experimenta as palavras para si mesma várias vezes, antes de deixá-las sair, exatamente como tinha escutado Elsa pronunciá-las algumas horas antes.

— Pode me dar um pouco mais de leite?

Tia Märta emudece no meio de uma frase.

— Essa foi de... — diz tio Evert — a menina fala sueco perfeitamente!

— Ela aprende rápido — diz tia Märta. — Muito bom.

Ela entrega a jarra de leite a Steffi. Tio Evert lhe dá um sorriso encorajador.

— Em pouco tempo você vai falar sueco como todo mundo — diz ele —, assim vai poder começar a ir à escola.

Steffi não entende bem todas as palavras, mas compreende a palavra "escola".

— Sim — repete ela —, escola!

Ela pensa em sua velha escola em Viena. A escola de verdade, na qual sempre foi a melhor da classe e onde sempre recebia estrelas douradas, no caderno de redação. Lá, onde a professora gostava dela — pelo menos era o que acreditava, até aquele dia em março do ano passado.

Um dia depois da chegada dos alemães em Viena, a professora da escola foi trabalhar com uma suástica no vestido bem talhado.

— *Heil* Hitler! — cumprimentou a classe, em vez do "bom-dia, crianças" de costume.

— *Heil* Hitler — responderam algumas crianças, esticando o braço para a frente. A grande maioria, porém, apenas a encarou sem compreender o que esperavam delas.

E logo ficaram sabendo. A partir de então, aquela era a maneira certa de se cumprimentar na escola. — Mas as crianças judias — disse a professora, enquanto percorria seu olhar severo pelas filas de carteiras —, as crianças judias não podiam fazer a saudação de Hitler. Por isso deveriam se sentar isoladas, nas fileiras de trás.

Dessa forma, a professora poderia ter certeza de que todas as crianças germânicas usavam a saudação correta, com exceção das judias.

A classe sussurrou desconfiada. O que ela queria dizer com aquilo? Será que falava sério?

— Muito bem, escutaram o que eu disse? — perguntou a professora com um olhar severo sobre todos.

Foi quando Irene, a representante da classe, levantou-se da primeira fila, pegou seus livros e foi se sentar em um dos lugares vazios na parte de trás da sala. Alguns outros a acompanharam. Alguns alunos deixaram seus lugares, nos bancos de trás, e se mudaram para as carteiras vazias da frente. Steffi e Evi continuaram em seus lugares diante da mesa da professora.

— Steffi! — disse a professora com voz irritada. — Você também. E Evi.

— Eu não sou judia! — gritou Evi. — Minha mãe é católica!

— Tanto faz — respondeu a professora friamente —, sentem-se com os outros.

Evi levantou-se, correu para fora da sala de aula e bateu a porta com força. A classe permaneceu em silêncio.

— E então — disse a professora de olhos fixos em Steffi —, você vai fazer o quê?

Steffi reuniu seus livros e se dirigiu para um lugar vazio. A professora pegou o giz e, sem mais uma palavra, passou a escrever um exercício de matemática no quadro-negro.

— Em que você está pensando? — perguntou tio Evert.

— Não brinque com a comida — disse tia Märta ao mesmo tempo.

Steffi desperta e olha para o prato diante dela. Sem pensar, ela percebe que havia desenhado com o garfo na mistura de batatas com peixe cozido. Uma estrela. Como as estrelas douradas na escola. Como as estrelas de davi que significavam o mesmo que JUDEU. Rapidamente ela remexe o purê e passa a colocá-lo em grandes porções dentro da boca.

10

Tio Evert fica em casa por dois dias. Quando vai embora, Steffi o acompanha até o porto para dar adeus. São seis homens no barco pesqueiro. O mais novo se chama Per-Erik e é apenas alguns anos mais velho que Steffi. Quando ele a cumprimenta e lhe toma a mão, não a olha nos olhos, mas desvia o olhar para algum ponto ao lado. Sigurd, o marido de tia Alma, também trabalha no mesmo grupo.

O barco se chama *Diana*, Tio Evert lhe conta. É um lindo nome, mas no casco só se lê GG 143. Significa que faz parte da frota de barcos pesqueiros de Gotemburgo e tem o número 143.

Quando tio Evert parte, tudo volta ao normal outra vez. De manhã Steffi toma o café da manhã com tia Märta, tira a mesa e ajuda a lavar a louça. Em seguida fica com Nelli até a hora de ir para casa e jantar. Depois da comida, volta a lavar a louça e a ajudar tia Märta. À noite ela fica em seu quarto ou se senta à janela para escrever cartas ou em seu diário.

Na última página do diário ela risca um novo traço para cada dia passado na ilha. Um semestre são 182 dias. Todas as noites ela conta os traços: 34... 35... 36...

Nas cartas para mamãe, papai e Evi ela escreve que tudo vai bem. Quando escreve para Evi, a vida na ilha é mais maravilhosa ainda. Se fizer a Suécia parecer especialmente boa, talvez consiga convencer Evi a vir. Apesar de a mãe de Evi ser católica e ela, provavelmente, não precisar partir.

Quando não escreve, ela lê. Em pouco tempo terá lido todos os livros que trouxe de casa. Na casa branca não existe um livro, a não ser a grossa Bíblia na mesa da sala.

— Quando vamos para casa, Steffi? — pergunta Nelli. — Vai demorar muito?

— Nós não vamos para casa. — explica Steffi com paciência. — Você sabe disso. Nós vamos para a América. Assim que mamãe e papai tiverem o visto de entrada. Aí vamos para Amsterdã de navio encontrar com eles.

— Mas quando? — insiste Nelli.

— Eu não sei. Logo.

As duas meninas se abraçam, sentadas numa pedra da praia. O mar azul brilha ao sol, mas o vento frio espanta os banhistas dos rochedos. É setembro e todas as outras crianças da ilha já voltaram às aulas. Agora a praia é só delas, um lugar para ficarem a sós com a saudade.

— Conta como é na América — pede Nelli.

— A América — diz Steffi — não é como aqui. Lá as cidades são enormes, os prédios muito altos e as ruas estão cheias de carros. Tudo é muito grande na América. A gente vai morar numa casa cheia de quartos, e com um jardim enorme. Um jardim de verdade, com grandes árvores; castanheiras e tílias. Quase um parque, não como aqui.

— Vamos ganhar um cachorro? — pergunta Nelli.

Steffi se lembra de Mimi, o cão de porcelana enrolado num lenço, na última gaveta da cômoda. Tia Alma já deve ter descoberto que o cão desapareceu. Por isso, a cada dia que passa fica mais difícil devolvê-lo.

— Vamos — responde ela bruscamente —, vamos sim.

— E um piano — diz Nelli —, nós não vamos ter um piano na América?

Quando ficam cansadas de conversar, as meninas caminham pela pequena aldeia. Não que tenham muito para ver por ali. Casas, pequenos jardins, morros. O correio, o armazém, a escola. Uma capela no topo de uma elevação se destaca das outras construções. No extremo da aldeia, perto da casa de tia Alma, há uma casa de madeira grande que se chama Igreja Pentecostal, apesar de não parecer nem um pouco com uma igreja. Numa outra casa grande perto do cais fica a Casa das Missões.

O cais está sempre movimentado. Os barcos entram e saem, os pescadores limpam suas redes ou consertam suas embarcações. Por cima das portas dos depósitos, Steffi lê o nome dos barcos: *Juno*, *Inez*, *Suécia*, *Matilda*, *Mar do Norte*... Agora ela sabe que o que pensava serem morcegos é um peixe, o bacalhau, que é pendurado para secar nas íngremes armações de madeira.

Há sempre alguns rapazes sentados nos bancos, do lado de fora dos depósitos, fumando e conversando. Um deles costuma oferecer caramelos às meninas quando passam por ali. São balas vermelhas escuras, doces e de um sabor forte.

Um dia há um cargueiro ancorado no cais. Dois tripulantes trabalham no convés.

— Deve estar indo para Hamburgo — diz Steffi — ou para Amsterdã.

— Amsterdã! — diz Nelli. — Mas é para lá que nós vamos, não é?

— É.

Nelli se aproxima do ancoradouro.

— Podemos ir com vocês? — pergunta ela a um dos marinheiros. — Nós queremos ir para Amsterdã.

O homem lhe responde alguma coisa em sueco e volta ao trabalho.

— Acho que ele não entendeu — diz Nelli —, será que você não pode perguntar?

Steffi sabe que mamãe e papai ainda estão em Viena. Eles não podem viajar até que consigam o visto de entrada na América. Mesmo assim ela tem a sensação de que estariam mais perto deles, se estivessem em Amsterdã.

— Por favor — grita ela —, deixem a gente ir com vocês! Nós queremos ir para Amsterdã!

O marinheiro a observa e balança a cabeça com um sorriso.

Custa dinheiro viajar de barco. Deve ser por isso que elas não podem ir com eles.

— Leva a gente pra Amsterdã, vai? — diz Steffi. — Meu pai paga quando nós chegarmos lá.

Ela exibe os bolsos do vestido vazio para mostrar que não tem dinheiro.

— Filhas de ciganos — diz o marinheiro ao colega. — Como é que vieram parar aqui?

Ele pega alguma coisa do próprio bolso e atira para Steffi. Ela apanha o objeto e observa o que é. É uma moeda de 25 centavos.

A tripulação está pronta para zarpar. Um dos marinheiros começa a desfazer as amarras.

— Não! — grita Steffi. — Não vão embora! Deixem a gente ir com vocês!

O cargueiro se desprende do cais. Vagarosamente, desliza na direção da barra que leva à saída do porto.

Steffi sai em disparada ao longo do cais, para além do quebra-mar. Nelli corre atrás dela.

— Leve-nos também — gritam as duas meninas —, levenos também!

O cargueiro ultrapassa o quebra-mar na direção do mar aberto. Os dois marinheiros acenam para as meninas.

— Nós somos náufragas — diz Steffi. — Sozinhas nesta ilha deserta. Um navio acaba de passar por nós, mas não percebeu nossos sinais de fumaça. Vamos ter que esperar até a próxima oportunidade.

— Vamos ser salvas? — pergunta Nelli.

— Vamos — diz Steffi —, da próxima vez vão nos salvar.

As irmãs permanecem no quebra-mar até a embarcação desaparecer ao longe, em mar aberto. Só então retornam lentamente ao vilarejo.

Um menino grande e desajeitado, vestido com roupas pequenas demais, está parado no cais. Steffi o reconhece. Ele costuma perambular pelo porto durante as tardes. Às vezes limpa as redes de pesca ou lava pequenos barcos. Às vezes ajuda os comerciantes a descarregar mercadorias do barco a vapor que vem da cidade.

— Você quer andar de barco? — pergunta ele. — Eu também tenho um barco.

Ele olha para Steffi cheio de expectativas. Sua boca permanece semiaberta no rosto cheio de espinhas.

— Não — responde Steffi bruscamente, enquanto puxa Nelli. Ela apressa o passo a fim de ficar o mais longe possível do garoto.

— Você ficou triste, Steffi, porque não pudemos ir com aquele barco?

Steffi não responde.

— Pois eu não — comenta Nelli —, eu quero mesmo é ir pra casa.

— A gente não pode ir pra casa — comenta Steffi rispidamente. — Será que você não entende isso?

— Você é má! — grita Nelli. — Eu vou contar pra mamãe que você é muito má!

Nelli começa a correr pela estrada. Steffi a persegue até agarrar uma de suas tranças.

— Ai! — grita Nelli, enquanto aplica um chute na canela da irmã.

Steffi segura a irmã com força e a olha nos olhos.

— Você não vai escrever nada disso pra mamãe! — diz ela. — E nem um pio sobre querer voltar pra casa. Nada que deixe a mamãe triste, entendeu bem?

Nelli olha para baixo, de cara emburrada, e assente com a cabeça.

— Promete?

Nelli volta a assentir com a cabeça. Steffi deixa os ombros da irmã livres. Nelli se afasta até ficar longe o suficiente da irmã.

— De qualquer maneira, eu vou contar tudo pra tia Alma! — grita ela enquanto volta a correr.

11

Agora a Europa está em guerra. Papai escreveu e explicou tudo: a Alemanha atacou a Polônia; a Inglaterra e a França declararam guerra à Alemanha. E como a Áustria faz parte do território alemão, significa que também está em guerra.

Ainda não sabemos o que isso significa para nós, escreveu papai. *Se ficará mais difícil sair do país ou se, pelo contrário, agora a América e outros países que estão fora da guerra vão resolver dar asilo a mais refugiados. Isso, só o futuro poderá nos mostrar.*

Enquanto perambula sozinha pela ilha, Steffi pensa em tudo o que *não* está escrito na carta do pai. Papai vai ter que virar soldado? Ou vai ser mandado para algum campo outra vez? Pode-se viajar de navio até a América durante uma guerra? A guerra pode chegar até a Suécia?

Um dia Steffi inventa uma nova brincadeira.

— Agora estamos em Viena — diz ela a Nelli.

Nelli olha confusa a sua volta.

— O quê? Como assim?

— Não está vendo? Nós estamos andando na Kärntnerstrasse, no calçadão largo. Os dois lados da rua estão cheios de prédios com lojas.

Ela aponta para os outeiros em cada lado do caminho.

— As vitrines estão iluminadas — continua ela. — Estão repletas de coisas bonitas. Roupas, sapatos, casacos de pele, frascos de perfume. Tá vendo?

Nelli assente animadamente.

— Agora feche os olhos — diz Steffi — e escute bem. Está escutando o ruído dos bondes e carros que passam por nós?

Ela fecha os olhos e também escuta. De olhos fechados pode-se até acreditar que o som das ondas é o ruído do trânsito.

— Um bonde está passando — grita Nelli —, e mais um!

— Isso mesmo — concorda Steffi. — Agora vamos caminhar até o prédio da Ópera. Você se lembra quando fomos assistir à *Flauta Mágica*? Você era tão pequena que dormiu no meio do segundo ato. Agora estamos virando a esquina na direção da Heldenplatz. Olha lá, a estátua do cavaleiro! E uma velhinha que dá migalhas às pombas.

— Eu prefiro ir até o parque da cidade — interrompe Nelli. — Para os brinquedos. É muito mais divertido.

— Desta vez nós estamos indo para o outro lado — decide Steffi —, amanhã é a sua vez de escolher. Venha, vamos atravessar a Heldenplatz.

— Pra onde você está indo? — pergunta Nelli.

— Para Freyung. Vamos dar uma olhada nas barraquinhas da praça.

— Pra tão longe? — protesta Nelli. — A gente não pode ir pra casa em vez disso?

— Não é longe, não. Feche os olhos, eu seguro a sua mão. A gente chega lá num pulo.

Steffi volta a fechar os olhos e quase se sente caminhando nas ruas estreitas da cidade velha. Precisa andar com cuidado para não tropeçar no caminho irregular. Ela finge que as irregularidades são os paralelepípedos e não as pedras e raízes de árvores.

O ruído de passos a desperta da fantasia. Os olhos se abrem rapidamente.

Diante dela vê a menina de cabelos ruivos. Ela sorri e joga os cabelos para trás, num virar de cabeça.

— Oi — diz ela —, meu nome é Vera. Qual é o seu nome?

— Steffi.

Nelli permanece em silêncio, de olhos no chão. Steffi lhe dá um empurrão.

— Nelli — diz ela timidamente sem mirar a menina.

— Venham comigo — diz Vera, acenando para que a sigam. Elas escalam um muro comprido, cruzam uma descida com alguma grama, urzes e mirtilos até chegarem a uma fenda no morro.

Elas param diante de um arbusto com espinhos. Entre as folhas verde-escuras se destacam frutinhas silvestres negras. Vera retira algumas e lhes oferece com a palma da mão aberta. Steffi hesita por instantes. Será alguma brincadeira maldosa? Será que são amargas e que vão ter de cuspir e fazer caretas, divertindo Vera?

— Será que são venenosas, Steffi? — pergunta Nelli por trás da irmã.

Steffi apanha uma frutinha e coloca na boca. É doce e gostosa. Ela pega mais uma.

— Não é venenosa? — pergunta Nelli e estica a mão. Vera lhe dá algumas frutinhas. Nelli enche a boca.

— Hummm — diz ela. Um líquido vermelho-escuro escorre dos lábios.

— Amoras selvagens — diz Vera. — Chamamos de amoras de urso. Sabem o que é um urso?

Ela começa a imitar um urso: ruge de quatro e de repente se levanta nas "patas de trás" com as "garras" das patas dianteiras erguidas. Nelli se engasga de tanto rir, mas de repente se cala.

— Steffi, tem ursos por aqui? — pergunta. — De verdade?

— Não. — Steffi a tranquiliza. — Os ursos vivem em bosques fechados. Aqui não tem quase nenhuma árvore.

Nelli olha para dentro da fissura profunda.

— Tem certeza?

— Certeza absoluta — diz Steffi.

Porém, ela acompanha os olhos de Nelli na escuridão do bosque e se pergunta quais serão os animais ferozes que se escondem ali.

Elas comem frutinhas diretamente dos arbustos até ficarem com os dedos todos vermelhos do néctar. Vera fala e ri. Steffi tenta responder com as poucas palavras em sueco que conhece.

A saia de Steffi prende em um dos espinhos do arbusto. Ela tenta soltá-la com a mão. Mas o espinho se prendeu com tanta força que ela não consegue soltar. Steffi puxa com força. Com um ruído, o tecido se rasga.

Ela olha para a saia. Um grande rasgo a encara de volta. O tecido em torno dele está manchado de néctar. O que dirá tia Märta?

Vera parece apavorada. Somente Nelli continua comendo calmamente.

— Tenho que ir para casa — diz Steffi para Vera.

Vera concorda com a cabeça.

— Costurar — diz ela ao mostrar que o rasgo pode ser costurado.

As meninas fazem companhia umas às outras durante parte do percurso. Em seguida Vera entra em um caminho estreito que quase não se vê. Ela acena, sorri e desaparece.

Steffi decide ir diretamente para casa. Na melhor das hipóteses, tia Märta nem estará lá, e mesmo que esteja Steffi pode tentar subir as escadas discretamente e mudar de roupa. Ela tem outro vestido bastante parecido. Tia Märta nem vai se lembrar qual deles ela havia colocado, hoje de manhã. Depois ela pode colocar o vestido rasgado na mochila e levá-lo para tia Alma amanhã. Tia Alma sabe como consertar o rasgo e retirar a mancha. Tia Märta não precisa saber de nada.

Ela deixa Nelli no caminho e segue para casa. Quando se aproxima começa a procurar pela bicicleta de tia Märta. Tem sorte; ela não está onde costuma ficar, no canto da casa.

Steffi corre o último pedaço da ladeira até em casa. Abre a porta bruscamente e a fecha com força. Steffi chega aos primeiros degraus da escada quando escuta alguns passos descendo. É tarde demais para escapar.

Os olhos de tia Märta são atraídos como um ímã para a saia suja e rasgada.

— Desculpe. — Steffi se esforça em dizer.

— Suba para seu quarto — ordena tia Märta. — Tire o vestido e lave-se. Fique no seu quarto o resto do dia.

Steffi obedece. Ela pendura o vestido no espaldar da cadeira como de costume e vai se lavar na pia do lavatório. Sem coragem de vestir outro vestido, ela veste a camisola por cima da combinação e das meias, apesar de ainda ser dia.

Tia Märta entra no quarto, pega o vestido e sai sem dizer uma palavra. Ela fecha a porta bruscamente.

Steffi abre a última gaveta da cômoda, desenrola o cão de porcelana do lenço e coloca-o ao lado das fotografias. Em seguida apanha a caixa de joias e abre a tampa. Uma melodia se inicia enquanto uma pequena bailarina começa a dar piruetas numa perna só. Ela ganhou o porta-joias, que também é caixa de música da mãe, quando completou 10 anos. Quando a música termina, ela fecha a tampa e volta a abri-la. Mais uma vez a bailarina começa a girar.

— Mamãe — diz ela baixinho para a fotografia — Mamãe, eu quero voltar para casa.

Steffi escuta os ruídos da cozinha. Pouco depois o cheiro de comida chega ao segundo andar, mas tia Märta não lhe chama. Em seguida, escutam-se novos ruídos na cozinha até o silêncio voltar.

Steffi não comeu nada além das frutinhas silvestres, desde o café da manhã. Até peixe cairia bem naquele momento.

Apenas algumas horas mais tarde, tia Märta sobe com um copo de leite e sanduíches num prato, que põe sobre a mesa da janela. Antes de sair do quarto ela se volta e diz:

— Vera Hedberg. Você escolheu justamente a companhia certa. Nem um pingo de modos ou de juízo, que nem a mãe dela.

Tia Märta fecha a porta antes mesmo de Steffi conseguir perguntar o que significa aquilo. Qual seria o problema com Vera e sua mãe?

Quando Steffi se senta para comer, avista a bicicleta de tia Märta encostada à parede da casa de ferramentas. A corrente estava quebrada.

12

Uma noite, num domingo ao fim de setembro, tia Märta manda Steffi vestir seu sobretudo. Elas vão participar da "reunião para o despertar da fé", explica. Steffi não imagina o que seja isso, mas obedece e a acompanha. Elas caminham para a aldeia, na direção da casa de madeira chamada de Igreja Pentecostal.

Uma multidão se encontra do lado de fora. Algumas pessoas entram na igreja enquanto outros grupos pequenos permanecem conversando do lado de fora. Tia Alma, Nelli e as outras crianças também estão ali.

— Que lugar é esse? — pergunta Nelli para Steffi, num cochicho.

— Sei lá — responde Steffi. — Acho que é um tipo de igreja.

Do lado de dentro, há um salão espaçoso com fileiras de bancos de madeira. Parece uma igreja, mas ainda assim não exatamente. As igrejas de Viena são antigas, construídas de pedra e com janelas de vitrais coloridos, enfeitadas com imagens de santos e com cheiro de centenas de velas de cera acesas. Steffi já esteve em uma delas com Evi e sua mãe.

Ali, a única coisa que há é um salão enorme e frio, com teto abaulado e um púlpito, como se fosse uma sala de aula. Nem uma chama de vela atira uma luz vacilante em algum corredor secreto, por entre os altares sombrios. Nenhum santo a mira com olhar triste. A luz das lâmpadas elétricas no teto é forte e o chão de madeira tem cheiro de recém-lavado.

As fileiras começam a se encher. Steffi se senta entre tia Märta e Nelli. Do outro lado estão tia Alma com John e Elsa ao seu lado.

Quando todos se sentam o culto inicia.

Em pé no púlpito, um homem magro e alto fala num tom missionário. Ele mantém as mãos grandes fechadas diante de si e às vezes move-as para cima e para baixo, a fim de dar ênfase àquilo que diz. Steffi consegue compreender apenas parte do sermão. Ele fala sobre Deus e Jesus, e sobre os pecadores que têm de ser convertidos.

— Venham para a casa de Jesus — diz ele. — Ele os receberá, não importa quem sejam.

Às vezes ele usa expressões que despertam a atenção de Steffi por instantes. "Flechas de fogo no coração", ele diz, ou "o sangue do cordeiro". Aquilo soa estranho e lindo.

No banco ao lado, uma mulher passa o tempo todo murmurando para si mesma.

— Sim, sim, meu Jesus querido — repete ela sem parar. Steffi se vira para observá-la, mas recebe logo um empurrão forte de tia Märta. Ela mesma está sentada ereta e imóvel, com as mãos unidas e uma expressão severa na boca fechada.

O banco é duro. Nelli se mexe impacientemente do seu lado.

De súbito, uma mulher na frente do salão se levanta e começa a falar. Ela repete a mesma coisa o tempo todo. Por mais que se esforce, Steffi não consegue compreender uma palavra. Não parece sueco, nem outra língua qualquer que tenha escutado na vida.

Steffi e Nelli se olham. Steffi tem vontade de rir, mas logo se depara com a expressão severa de tia Märta e reprime o riso.

O homem magro volta a falar. Ele fala sem parar enquanto move as mãos enormes.

Durante os feriados religiosos, mamãe e papai costumavam levar Steffi e Nelli à sinagoga, o templo judeu. Lá não precisavam ficar sentadas o tempo todo. As pessoas iam e vinham, paravam na porta para conversar, cumprimentavam seus conhecidos e lhes desejavam um bom feriado. As crianças corriam para o jardim, brincavam e depois voltavam a se sentar com os pais. Nos bancos de cima, onde Steffi e Nelli costumavam se sentar com a mãe, para observar o pai conversar com os outros homens, as senhoras perfumadas lhes ofereciam caramelos.

Apenas no Dia do Perdão, no outono, todos ficavam sérios e calados. Especialmente no outono passado, quando muitos choraram ao escutarem as orações pelos mortos, feitas pelo rabino. Poucas semanas depois a sinagoga já não existia mais. Haviam-na incendiado, naquela terrível noite de novembro. A mesma noite em que...

Steffi não quer mais pensar naquilo. Com muito esforço, volta a se concentrar no ambiente a sua volta. O homem magro observa a congregação.

— Jesus Cristo — diz ele —, Jesus Cristo é a resposta para todas as suas dúvidas.

Todas as suas dúvidas? Será que Jesus Cristo pode explicar por que ela teve de fugir para um outro país? Será que ele pode dizer quando ela vai poder se encontrar outra vez com papai e mamãe?

O homem magro dirige-se para o lado. Um grupo de jovens para diante do púlpito. De alguma maneira, todos se parecem, com suas bochechas vermelhas e olhos claros. Todos têm cara de que não têm nenhuma dúvida.

O coral começa a cantar num tom afinado. Uma jovem com tranças presas em volta da cabeça faz o acompanhamento no violão. É a primeira vez que Steffi escuta música desde que chegou à ilha. A música toma conta dela, preenche todo o seu ser e a aquece. Ela fecha os olhos e se deixa levar pela melodia. Na cabeça, no peito, nos braços e pernas. É tão lindo que ela não consegue evitar o choro.

Nelli toca cuidadosamente o braço da irmã. Steffi agarra a mão de Nelli e a abraça. Então Nelli também começa a chorar. Elas choram sem parar até o último acorde. Tia Märta se levanta e leva as duas meninas, diante de si, pelo corredor principal.

Ela se ajoelha no chão de madeira diante do púlpito, forçando-as a fazer o mesmo. Elas se ajoelham, cada qual de um lado de tia Märta. O homem magro começa a rezar em voz alta, enquanto pousa uma das mãos na cabeça de Steffi e a outra, na de Nelli.

Steffi pode sentir como todos no salão olham para ela, de joelhos, naquela posição. Será que se comportou mal? Que precisa pedir desculpas? O chão é duro e Steffi sente uma farpa do piso de madeira corrida penetrando através da meia, na altura do joelho.

— Por favor, me tirem daqui — pede ela baixinho, sem saber bem a quem. A Deus? Jesus? Papai? Mamãe?

— Amém — termina o homem magro.

— Amém — repete a congregação inteira.

Tia Märta se levanta. Insegura, Steffi se levanta. Enfim acabou.

Todos passam a cantar e elas voltam aos seus lugares. Tia Alma abraça Nelli. Em seguida estica a mão e dá um tapinha amigável na bochecha de Steffi.

Após o culto todos vão para a casa de tia Alma.

— Imagine só! — diz tia Märta. — Que a menina fosse aceitar Jesus tão rápido. Eu nunca poderia imaginar.

— São boas meninas — diz tia Alma. — Não têm maldade nenhuma no coração. Não é culpa delas que tenham crescido na religião errada.

— Então, há males que vêm para o bem. As almas delas encontraram um lar, no fim das contas.

— Por que você fez aquilo, Steffi? — pergunta Nelli. — Por que você chorou?

— Por causa da música. — diz Steffi. — Era tão linda. E você?

— Porque você tava chorando — responde Nelli.

Tia Alma se volta para as duas meninas.

— Mas agora vocês estão felizes, não estão? — diz ela. — Agora que encontraram Jesus e suas almas foram salvas. Estou tão feliz por vocês.

Encontraram Jesus? Foram salvas? Pouco a pouco Steffi começa a compreender que as duas mulheres acham que foi Jesus quem a fez chorar, não a música.

— É — fala ela sem muita convicção —, a música era tão linda...

Porém, tia Alma não a escuta. Ela volta a conversar com tia Märta. Agora elas comentam sobre o pastor, o homem magro.

— Ele tem o dom — comenta tia Märta. — Ele realmente tem o dom.

Steffi não diz mais nada. Sem protestos, ela se deixa batizar juntamente com Nelli algumas semanas mais tarde. Logo depois são aceitas como membros da Igreja Pentecostal e passam a frequentar o catecismo semanalmente.

Steffi tem uma sensação de que agora que sua alma foi salva, tem de se transformar. Talvez ficar mais obediente, mais boazinha. Seguramente é o que tia Märta espera que aconteça. Mas Steffi se sente exatamente como sempre foi. Às vezes, quando olha para o quadro de Jesus acima da cômoda, tenta sentir aquele amor por ele de que tanto falam no catecismo de domingo. Mas não sente nada de especial.

— Desculpe, Jesus — diz ela baixinho —, desculpe, mas eu não me converti de verdade.

Steffi não toca no assunto de salvação ou batismo nas cartas para mamãe e papai. Ela não tem certeza de que conseguiria explicar a eles. Talvez não gostem da ideia. Ela imagina se é possível alguém se desconverter depois que se converte. Caso contrário, terá de manter segredo o resto da vida, quando a família voltar a se reunir.

O catecismo da escola dominical é pelo menos uma novidade na monotonia de todos os dias. A professora é a jovem do violão e todos cantam bastante. Uma menina chamada Britta dá a Steffi um marcador de livros que é um anjo de cabelos escuros, vestido de camisolão cor-de-rosa. Britta tem outro anjo, louro com camisolão azul, mas este ela não quer dar de presente a ninguém.

Ela tem a mesma idade de Steffi, só que é mais baixa. Tem cabelos finos, lisos e ruivos. Às vezes acompanha Steffi até parte do caminho para casa, depois da aula de religião.

Vera não vai ao catecismo de domingo. Às vezes Steffi a vê, mas sempre acompanhada das outras meninas. A filha loura do dono do armazém está sempre com ela, e outra menina que é grande e forte demais para a idade.

A única que cumprimenta Steffi quando passam é Vera. As outras só a encaram. Uma vez a loura lhe gritou alguma coisa, mas Steffi não entendeu.

13

A escola fica no centro do lugarejo. Uma construção de madeira comprida, pintada de amarelo, com dois andares e um relógio em cima da portaria de entrada. Em frente fica o pré-primário, não muito maior do que uma casa comum.

Às vezes Steffi e Nelli passam pelas duas construções. Se é hora do recreio e as crianças estão no pátio, elas caminham devagar para observar os meninos e meninas brincando lá dentro.

— Quando é que nós vamos começar a ir à escola? — pergunta Nelli.

— Assim que a gente souber sueco o bastante — responde Steffi.

— Eu sei falar sueco — diz Nelli com orgulho. — Tia Alma diz que eu sei tagarelar muito bem em qualquer língua.

A verdade é que Nelli já sabe falar muito bem o sueco, muito melhor do que Steffi. Mas, também, ela tem tia Alma e Elsa para conversar o quanto quiser. Já tia Märta não gasta uma palavra que não seja necessária, e tio Evert quase nunca está em casa.

— Logo vamos saber o bastante para começar a estudar — arrisca Steffi —, logo, logo.

Steffi lança um olhar ansioso por cima da cerca. Tem a impressão de ter visto uma mecha de cabelos ruivos que deve ser de Vera. Se Steffi pudesse ir à escola encontraria Vera todos os dias. E, com certeza, fariam amizade.

Na hora do jantar, Steffi se esforça ainda mais para pronunciar as palavras corretamente. Será que assim tia Märta perceberia que ela já sabe falar sueco? Como se tivesse lido os pensamentos da menina, tia Märta lhe diz, antes de se levantar da mesa:

— Conversei com tia Alma hoje à tarde. Nós achamos que já é hora de você e Nelli começarem a ir à escola. Vocês não podem continuar a perambular o dia todo. Amanhã vamos conversar com o diretor, e talvez já possam começar na segunda-feira.

Na manhã seguinte, tia Märta pega a bicicleta e se dirige à escola. De tarde, Steffi recebe a notícia de que vai começar na sexta série.

— Mas eu já fiz a sexta série! — protesta Steffi. — No ano passado, em Viena!

— Você tem 12 anos, não é mesmo? — retruca Tia Märta bruscamente. — Então você deve ir à aula com crianças da sua idade. Aliás, onde é que você queria estudar? No Liceu da cidade?

Por fim Steffi compreende que as crianças, na Suécia, começam a ir à escola com sete anos e não com seis, como em Viena. Por isso, quem tem a mesma idade que ela está na sexta série, que é a última série do ensino fundamental.

Talvez seja melhor mesmo fazer a sexta série novamente, ela pensa. Afinal, já perdeu dois meses de aulas do semestre de outono.

O último ano letivo em Viena também não foi dos melhores. Primeiro eles se mudaram para aquele quarto pequeno, e a distância para a escola de Steffi duplicou. No desconforto, e com o barulho feito pelos outros inquilinos, era quase impossível fazer os deveres, apesar de mamãe e papai tentarem ajudá-la. Depois, teve de trocar de escola, quando as crianças judias já não podiam mais frequentar as escolas comuns.

Nas escolas judias, as classes eram superlotadas e os professores viviam pálidos de cansaço e preocupação. Ali não existiam estrelas douradas para colar nos cadernos.

No dia seguinte, tia Märta visita um conhecido e retorna com um pacote de livros escolares. É uma tabuada, um livro de história, um livro de ciências, um Atlas e um livro de música. Todos os livros estão sujos e têm os cantos puídos. "Per-Erik", lê-se em letras redondas e infantis na primeira folha.

É o mesmo Per-Erik que é o pescador mais jovem do barco de tio Evert. Ele saíra da escola havia dois anos. Steffi vai herdar os velhos livros escolares dele. Tia Märta conseguiu até um caderno de matemática que não está completo. Quando Steffi folheia as páginas, se depara com as correções feitas em vermelho.

— Será que eu posso ganhar um caderno novo? — experimenta Steffi.

— São só algumas folhas usadas. Você pode acabar com esse primeiro, depois ganha um novo.

Steffi folheia os livros em péssimo estado. A tira de pano da encadernação do livro de ciências está toda desfiada. O livro se abre como um leque quebrado. Algumas páginas estão descoladas. Ela se lembra da sensação de abrir um livro novo: a encadernação resistente, quando o livro é aberto pela primeira vez. O cheiro do papel novo.

— Ah, não me venha com essa cara feia — diz tia Märta. — Eu é que não vou gastar dinheiro com livros novos, no último ano de escola. Se é que você fica por aqui por mais algum tempo. Esses livros aí servem muito bem.

"Eles me servem" pensa Steffi. "Livros velhos servem para uma criança estrangeira. Livros velhos e maiôs velhos de velha servem bem para uma criança refugiada, que tem de viver do favor dos outros. Se tia Märta tivesse filhos, com certeza eles não teriam que usar livros usados."

— Aqui — diz tia Märta e lhe entrega um rolo de papel pardo. — Encape os livros que vão ficar muito bons.

Tia Alma viaja para Gotemburgo a fim de comprar livros para Nelli. Tia Märta dá dinheiro para o material que falta a Steffi: dois cadernos, alguns lápis, uma borracha e o Novo Testamento.

— O Testamento você vai usar a vida inteira — diz tia Märta —, não é como os livros escolares.

Os livros de Nelli também são encapados com papel pardo.

— Eu prometo que vou cuidar deles — diz Nelli.

Steffi lhe mostra a língua quando tia Alma não está olhando.

— Deixe de ser puxa-saco — lhe diz ela com um risinho.

— Você só tá com inveja — responde Nelli. — Seja mais boazinha, quem sabe assim você também ganha livros novos?

Depois, Nelli se arrepende e oferece à irmã seu caderno de matemática.

— Você pode ficar com esse, se quiser.

— E onde você vai fazer contas? — pergunta Steffi.

— Matemática é muito chato — diz Nelli com uma careta.

No sábado tio Evert volta para casa. Ele já devia saber que Steffi começaria a estudar, pois quando chega tem um pequeno pacote para ela. No papel de presente se lê "Grand Bazar".

Dentro do pacote há um estojo de madeira. A tampa desliza perfeitamente pelo entalhe. Ao longo de um dos cantos há uma escala em centímetros e milímetros. Quando se tira a tampa do estojo, ela vira uma régua. Dentro do estojo há duas divisões compridas para lápis e uma pequena, para uma borracha.

— Obrigada — diz Steffi. — Muito obrigada, tio Evert querido!

— Você fica mimando a menina — resmunga tia Märta.

Tio Evert finge que não escuta.

— Você vai fazer bonito na escola — diz ele a Steffi. — Uma menina esperta e que aprende rápido como você.

No domingo à noite ela prepara a mochila da escola. Steffi guarda seus lápis de cor e a caneta-tinteiro no estojo, com os novos lápis pretos e a borracha. A mochila fica pesada.

— Como é que pode, não saber andar de bicicleta! — diz tia Märta. — Você poderia ir de bicicleta para a escola e depois passar no armazém, na volta para casa. Assim eu não precisaria ir até lá.

Todos na ilha sabem andar de bicicleta. Pelo menos todos os adultos e crianças da idade dela. As crianças pequenas andam na garupa ou sentadas no guidom. As crianças maiores andam em grupo, fazendo algazarra, como um bando de gaivotas sobrevoando o mar, até mergulhar na direção de um peixe avistado.

Somente Steffi não sabe andar de bicicleta. E sabe que nunca vai conseguir aprender.

14

Steffi sai cedo de casa, no primeiro dia de aula. A manhã está fria e ela abotoa o sobretudo azul até o pescoço.

Nelli a aguarda no portão. Tia Alma amarrou dois laços de fita vermelha em suas tranças. Ela acena da escada, quando as duas meninas vão embora.

As turmas das primeiras séries ficam numa casa branca, em frente do prédio no qual as crianças mais velhas estudam. A professora de Nelli sai para buscá-la. Ela é jovem e bonita, com suas tranças enroladas em volta da cabeça.

Steffi permanece parada do outro lado da cerca que contorna o pátio da escola. O lugar está cheio de crianças que correm, gritam e riem. No relógio em cima da entrada são dez minutos para as oito horas. Faltam dez minutos. Ela procura Vera ou pelo menos Britta, do catecismo, mas não avista nenhuma delas. Vagarosamente ela entra no pátio.

O tempo se arrasta e Steffi desejaria ser invisível. Ninguém parece lhe dar atenção, mas ainda assim ela pode sentir os olhares curiosos. Não devia ter vestido o sobretudo e o chapéu. Aqui as meninas não usam chapéu, e vestem apenas um pulôver por cima do vestido, apesar de já ser outubro. Os meninos usam bermudas e meias até os joelhos, que escorregam o tempo todo, quando eles correm e sobem nas árvores.

O sinal da escola toca. Finalmente Britta aparece segurando uma corda.

— Vem comigo — diz ela. — Você vai estudar na minha turma.

A sala de aula da sexta série fica no segundo andar. As crianças fazem duas filas; meninas à esquerda da porta e meninos à direita.

Vera sorri para Steffi de um jeito especial, como quando se tem um segredo em comum. Steffi tenta se aproximar dela, mas recebe um empurrão da menina loura.

— Esse lugar é meu! — diz ela bruscamente.

Steffi vai para o final da fila. Na frente dela está Britta, que se vira e lhe diz em voz baixa:

— Não ligue pra Sylvia, não. Ela acha que pode mandar em todo mundo.

O sinal toca pela segunda vez e a porta da sala de aula se abre. Da porta, a professora cumprimenta os alunos quando entram na sala; primeiro as meninas e depois os meninos. Todos se sentam nas carteiras, exceto Steffi, que continua parada à porta.

A professora é alta e magra, seu cabelo está preso num coque parecido com o de tia Märta.

— Bom-dia, crianças — diz ela à classe.

— Bom-dia, srta. Bergström — respondem trinta vozes, umas finas e outras grossas, em coro.

— Sentem-se.

Um burburinho toma conta do lugar, até que todos se acomodam em seus lugares.

— Nós temos uma nova aluna na classe — diz a professora. — Aproxime-se, Stephanie.

Steffi dá alguns passos na direção da mesa da professora.

— Stephanie fez uma longa viagem até aqui — diz a professora. — Ela vem de Viena. Em que país fica Viena, Sylvia?

A professora puxa uma cordinha e um mapa se abre diante do quadro negro. É o mapa da Europa.

— Stephanie, você poderia nos mostrar onde fica o seu país? — pergunta a professora.

Steffi se aproxima do mapa, mas não consegue encontrar a familiar silhueta da Áustria. Em vez disso, encontra a Alemanha, inchada como um balão.

— Devia estar aqui — diz ela confusa, enquanto aponta para o sul do balão.

A professora estuda o mapa e se localiza com facilidade.

— A Áustria é uma parte do Império Alemão, atualmente — ela explica enquanto mostra com o dedo indicador. — Aqui fica Viena, a capital da música. E aqui nós temos a cadeia de montanhas mais alta da Europa. Como se chama, Vera?

— Himalaia — responde Vera.

Todos começam a rir.

A professora solta um suspiro e passa a pergunta para Britta.

— Os Alpes.

— Stephanie, você já esteve nos Alpes? — pergunta a professora.

Steffi assente.

— Nos Alpes — explica a professora —, há campos férteis onde...

Alguém bate na porta.

— Entre! — responde a professora, irritada.

Uma figura desajeitada entra na sala de aula. É o menino do porto, aquele que perguntara a Steffi e Nelli se queriam andar em seu barco.

Ele deve ter pelo menos 14 anos. O que está fazendo aqui com crianças tão mais novas que ele?

— Desculpa, professora — diz o menino sem muita desenvoltura.

— Vá se sentar, Svante — ordena a professora com um suspiro.

Vagarosamente, Svante se dirige para a última fileira, pelo corredor do meio. Ele é tão grande que quase não cabe na carteira.

A professora desiste da lição de geografia.

— Stephanie é uma estrangeira entre nós — diz ela. — Essa terrível guerra a obrigou a deixar sua família e seu lar.

Steffi contempla a multidão de cabeleiras e cachos louros. Ela conta os olhares, de compaixão ou curiosidade, de trinta pares de olhos azuis, verdes ou cinza.

— Eu espero que vocês sejam muito atenciosos com a Stephanie — continua a professora. — E espero que entendam que ela não fala como vocês. É porque ela é estrangeira, não nasceu aqui, como vocês.

"Não-como-vocês-não-como-vocês", ecoa na cabeça de Steffi como o batuque de uma locomotiva nos trilhos. Ela se sente fraca e tonta.

— Eu posso me sentar agora?

A professora assente. Britta levanta a mão.

— Ela pode se sentar do meu lado? — pergunta ela. — Eu, eu a conheço.

— Eu também — diz Svante.

Sylvia começa a rir e cochicha alguma coisa no ouvido da colega de banco; a garota grande demais.

O primeiro tempo de aula é matemática. Os problemas são fáceis, algumas divisões simples que Steffi já estudara desde a quinta série. Ela levanta o braço ansiosamente, até que finalmente pode ir ao quadro-negro resolver alguns problemas.

— Isso mesmo, correto — diz a professora quando Steffi termina. — Muito bem.

— Muito bem, corrrrrrrreto — comenta Sylvia em voz alta. A professora finge não escutar.

Na hora do recreio, Steffi espera que Vera venha conversar com ela, mas isso não aconteceu. Ela prefere ficar com Sylvia e as outras meninas, num dos cantos do pátio. Às vezes Steffi tem a impressão de que elas a observam e imagina o que devem estar comentando.

Em vez disso, Britta se aproxima e lhe pergunta se também quer pular corda. Tudo corre bem até que ela percebe que Svante não para de encará-la. Steffi fica nervosa, erra o pulo e acaba tendo de segurar a corda.

Enquanto é a vez de Britta, alguém se aproxima por trás de Steffi. Ela vira a cabeça e vê Sylvia acompanhada de sua patota.

— Diga alguma coisa em alemão — ordena Sylvia.

Steffi balança a cabeça e continua a dar volta na corda.

— Diga alguma coisa! — repete Sylvia. — Você sabe falar, não é? Ou não?

— Sim.

— Então, fala alguma coisa aí — insiste Sylvia. — A gente quer saber como é.

— Fala alguma coisa — insiste Barbro, a amiga dela.

O grupo se aproxima ainda mais de Steffi. Vera se mantém mais atrás. Ela parece procurar alguma coisa nos bolsos do vestido e conserta uma das meias.

— Ou então você pode cantar que nem tirolês pra gente ver — comenta Sylvia. — Você não vem dos Alpes?

Britta erra o pulo e pisa na corda. Ela se aproxima de Steffi e tira a corda da mão dela.

— Sua vez — diz ela.

— Não pense que você é especial. E não tente puxar o saco da professora. A princesinha de Viena! Quem foi que te pediu pra vir até aqui, hein?

Steffi finge que não escutou. Sylvia que fique achando que ela não entende.

Ela pula dentro do arco formado pela corda e começa a contar para si mesma. Um... e... dois... e... um... e... dois... e... um... e... dois... e...

Um puxão repentino estica a corda. Steffi cai e arranha a palma da mão no cascalho duro do chão. Sylvia sorri com desprezo, quando solta a corda e se afasta com seu grupo de seguidoras.

15

Em novembro a ilha fica ainda mais cinzenta do que durante o verão, quando elas chegaram. De manhã, quando Steffi sai de casa, está escuro, e também de tarde, quando volta. O caminho para a escola é longo. O vento gelado atravessa o sobretudo e seus joelhos ficam azuis de tanto frio.

Ainda assim, é bom ter começado a ir à escola. Senão, o que faria todos os dias? As tardes e noites com tia Märta já são longas o bastante. Elas nunca conversam como Steffi e a mãe costumavam fazer.

Assim que ela chegava da escola, as duas se sentavam, mamãe, com uma xícara de café e Steffi com chocolate quente. Steffi contava o que havia acontecido na escola e no caminho de casa. Mamãe contava histórias de quando era criança, ou do seu tempo na Ópera. Elas conversavam sobre os livros que tinham lido, e sobre as viagens que Steffi faria quando ficasse mais velha.

Quando se escreve uma carta para alguém, não se tem a mesma sensação de conversar. Conversar não são só palavras; são olhares, sorrisos, silêncios entre palavras. A mão que escreve não consegue colocar no papel tudo o que gostaria de contar, todas as ideias e sensações que voam dentro da cabeça. E quando se envia a carta, pode levar várias semanas até a resposta chegar.

Tia Märta nunca pergunta nem conta nada. Ela só quer saber se Steffi fez os deveres de casa, se arrumou o quarto e se faz a sua parte nas tarefas domésticas. E isso é tudo.

À noite, tia Märta se senta na sala para fazer tricô. Às sete horas, ela liga o rádio para escutar as notícias e o culto religioso da noite. Mas assim que começa a tocar música ela desliga. Música "profana" é pecado, ela diz, e música profana é tudo aquilo que não sejam salmos, música religiosa, enfim, aquilo que o coral da igreja canta. Jazz, música popular, música clássica, tudo é a mesma coisa para tia Märta: obra do demônio.

Às vezes, quando tia Märta não está em casa, Steffi escuta rádio escondida. Fora isso, o silêncio impera na casa branca.

Quando tio Evert está em casa é diferente. Ele conversa com Steffi, conta histórias que aconteceram a bordo, pergunta sobre a escola, elogia o sueco dela e faz brincadeiras quando ela pronuncia alguma coisa errada.

— No verão você vai passear no *Diana* — diz ele. — No verão, eu te ensino a remar no bote.

Falta muito para o verão. Ela não pensa em ficar ali por tanto tempo, apesar de nunca comentar isso com tio Evert. Já faz três meses que Steffi está na ilha. "No máximo seis meses." Papai havia prometido.

Porém, nas cartas enviadas de Viena, nunca dizem nada sobre o visto de entrada, sobre Amsterdã; nada sobre a América. Papai escreve que se mudaram para um quarto ainda menor e que mamãe começara a trabalhar como empregada de uma senhora idosa. Mamãe trabalhando de empregada! Steffi acha difícil imaginar mamãe, de avental, na cozinha de outra pessoa.

Mamãe não escreve nada sobre o novo trabalho. Suas cartas estão cheias de perguntas: sobre tia Märta e tio Evert, sobre a escola, se Steffi já fez muitos amigos na ilha. Steffi responde que todos são gentis, que tem muitos amigos, que vai muito bem na escola. Pelo menos isso não é mentira. Ela sabe até os salmos ao pé da letra, apesar de quase não compreender o que significam.

Em todas as cartas mamãe pede a Steffi que lembre Nelli de escrever para casa.

Você, que é maior, tem que ajudar sua irmãzinha — escreve a mãe.

Faça com que ela escreva com frequência, e tente corrigir o alemão dela. Sua ortografia está um horror. É claro que é importante que aprendam sueco, mas lembrem-se de que o alemão é sua língua materna, e que um dia vocês voltarão para cá.

— Amanhã — promete Nelli quando Steffi lhe diz que deve escrever. — Amanhã sem falta, mas hoje eu vou brincar com Sonia depois da escola.

No dia seguinte, Nelli também já tem encontro marcado na casa de outra amiguinha, ou então convidou uma colega para brincar na casa de tia Alma. Nelli é popular. De manhã, quando chega à escola, uma legião de meninas já está a sua espera, todas ansiosas para serem as eleitas. Nelli ri e continua a tagarelar, como se tivesse falado sueco a vida inteira.

Já Steffi não tem ninguém que espere por ela. Vera continua a fazer parte da turma de Sylvia, onde Steffi não é bem-vinda. É Steffi quem procura Britta e suas amigas no pátio da escola. É claro que pode brincar com elas, mas sempre se sente excluída. Elas falam sobre pessoas e coisas com uma naturalidade que Steffi desconhece. Ninguém a convida para brincar depois da escola. Uma vez ela tenta convidar Britta.

— É muito longe — responde Britta. — Acho que minha mãe não vai deixar agora que fica escuro demais lá fora.

O pior é Sylvia, que não a deixa em paz. Seu sotaque alemão, suas roupas, sua aparência — de tudo que a faz ser diferente dos outros, Sylvia se apodera como uma gaivota gulosa.

— Crina de cavalo — diz Sylvia e puxa uma das tranças de Steffi. — Olha só, ela faz tranças na crina dela. Não vai usar plumas também, não? Como os cavalos de circo?

— Rá, rá, rá, rá! — ri a turma de Sylvia, exceto Vera, que olha para outro lado e finge que não escuta.

Svante gosta das tranças de Steffi. Às vezes ele as toca, de leve, quando passa por ela na sala de aula. Steffi costuma desviar a cabeça, a fim de evitar as mãos grandes do garoto, que raramente estão limpas de verdade.

Vera costuma imitar Svante: a forma confusa de falar e seus movimentos desajeitados. Vera é boa imitadora. Ela percebe os pequenos detalhes, gestos e expressões e sabe fisgá-los com destreza.

Uma vez, Vera imita a professora, enquanto ela vai ao depósito de mapas. A turma inteira se dobra de tanto rir. Todos têm de se beliscar para parar de rir, quando a professora volta à sala. Outra vez, Vera esfrega as mãos e exagera nos "r" como o pastor da Igreja Pentecostal, mas Britta e os outros alunos da escola dominical se zangam.

É evidente que Sylvia já percebeu o interesse de Svante por Steffi.

— A princesa de Viena arranjou um admirador — comenta ela de forma impertinente. — A princesa e o bobalhão, que nem nos contos de fada. Só que Svante nunca vai virar príncipe.

Um dia Svante retira um pacote da pasta e entrega para Steffi. É a hora do recreio, quando as crianças se sentam com seus sanduíches e garrafas de leite na sala de aula. A princípio Steffi acha que Svante quer lhe dar um sanduíche. O pacote é marrom e tem algumas manchas de gordura enormes.

— Não, obrigada, eu tenho o meu próprio sanduíche.

Svante começa a rir alto.

— Não é sanduíche, é um presente pra você.

— Abre! — diz Britta, que está sentada ao lado de Steffi.

— Isso mesmo, abre! — diz Sylvia e se debruça para enxergar melhor. — Vejamos o que o seu admirador comprou pra você.

— Eu vou abrir em casa — responde Steffi, enquanto tenta escorregar o pacote para dentro da mochila. Mas Svante fica com raiva.

— Abre! Eu quero ver quando você abrir.

Steffi não tem como escapar. Ela abre o pacote de papel sujo. Dentro dele, há um quadro numa moldura de madeira desconjuntada, feita em casa.

— Vira logo! — diz Svante impaciente.

Steffi vira o quadro. Um rosto familiar a encara. Um rosto que ela já viu mais de mil vezes, nos jornais, nos cartazes, nas vitrines de Viena. Franja preta, um pequeno bigode, olhar frio. A fotografia é cinza e meio apagada, talvez cortada de uma revista. Uma fotografia de Hitler. Com moldura.

— Fui eu que fiz — explica Svante. — Gostou?

Steffi encara a fotografia e tenta compreender.

Uma vez ela o vira em carne e osso. Era março do ano passado e os soldados alemães faziam uma parada triunfante em Viena. Hitler passara em um Mercedes preto pelas ruas da cidade, diante da multidão em júbilo.

Steffi e Evi saíram de fininho, a fim de assistir ao desfile, apesar de suas mães as terem proibido. A princípio tudo parecia uma festa emocionante.

— *Heil* Hitler! *Heil* Hitler!

As pessoas se empurravam para verem melhor. Muitos esticavam os braços, no cumprimento nazista.

Uma mulher gorda lhes deu um empurrão e um homem de uniforme as encarou de forma nada amigável. As meninas tentavam se desvencilhar da multidão, mas não saíam do lugar. Espremidas contra um trailer, as duas tentaram passar o mais desapercebido possível, até a parada terminar e o povo começar a se dissipar.

— Eu quero ver! — grita Sylvia por trás dela. — O que é isso?

Ela estica o braço e tenta tirar a moldura da mão de Steffi, que a segura com força. Steffi deixa a garrafa de leite cair acidentalmente na carteira, espalhando o líquido pela moldura e pelo chão.

— Mas você não gostou? — pergunta Svante, decepcionado. — Eu achei que você ia gostar. Você que vem da Alemanha, não é?

Ele pousa as mãos enormes na carteira de Steffi e se debruça para a frente, aproximando seu rosto cheio de espinhas do rosto dela.

— Me deixe em paz! — grita Steffi. — Me deixe em paz, idiota!

A professora aparece na porta.

— O que está acontecendo aqui? — pergunta ela.

— É a Steffi — diz Sylvia. — Svante queria lhe dar um presente, mas ela não quis. Ela o chamou de idiota.

— Stephanie — diz a professora em tom de reprovação. — Aqui nesta escola nós não falamos dessa forma com um colega. Talvez seja normal no lugar de onde você vem, mas não aqui na Suécia.

Steffi corre para fora da sala de aula, desce as escadas e sai para o pátio. Ela joga a fotografia no chão e pisa em cima até desmontar a moldura. Depois bate com o salto, até o rosto horroroso desaparecer por completo. Steffi abre a porta da latrina e atira tudo na sujeira malcheirosa.

16

— Você não entende que o Svante não tem maldade? — diz Britta, enquanto as duas estão a caminho de casa. — Ele não tem culpa de ser burro. Imagine só, ele está repetindo a sexta série pela segunda vez e ainda não sabe a tabela das multiplicações! Ele não sabe de nada sobre o Hitler. Com certeza pensou que você ficaria feliz, se ganhasse alguma coisa do lugar de onde você vem.

Steffi para abruptamente.

— É você que não entende nada! — grita ela para Britta. — Você é tão tapada quanto o Svante! Você não sabe de nada. Nada!

Britta se sente magoada.

— É claro que sim. Eu sei que Hitler é uma pessoa muito má, papai já me contou tudo, mas...

— Seu pai também não sabe de nada — diz Steffi interrompendo-a. — Meu pai já foi preso num campo de concentração, mas você não sabe nem o que isso quer dizer!

Steffi está sendo injusta e sabe disso. Por isso nem espera por uma resposta de Britta, e continua a caminhar apressadamente pelo canto da estrada.

— Espera! — grita Britta. — Espera, Steffi!

Ela começa a correr e alcança Steffi um pouco antes da encruzilhada que divide os caminhos para casa.

— Você vem amanhã — pergunta Britta, ofegante —, à aula de catecismo?

— Não.

— Jesus fica triste se você não for — diz Britta em tom de reprovação.

Steffi para e se vira. Ela olha nos olhos de Britta. Assustada, Britta dá piscadelas nervosas com seus cílios curtos.

— Jesus não existe! — diz Steffi com voz firme. — Jesus está morto. Ele não está nem aí pra mim, nem pra você, nem pra qualquer outra pessoa.

Os olhos miúdos e claros de Britta se dilatam e lágrimas brotam, como num chafariz. Ela dá alguns passos para trás.

— Ele existe, sim! — grita ela. — Ele existe e me ama! Mas a você, ele não ama não, porque você é uma pessoa ruim! Você não é uma cristã de verdade!

Assim que Britta desaparece ladeira acima, Steffi começa a se arrepender. Não que a amizade com Britta signifique muita coisa para ela. Steffi já se cansara do jeito certinho de ser de Britta e sua interminável falação sobre Cristo. E, aliás, já está farta de pular corda.

Mas sem Britta ela está totalmente sozinha. Sozinha nos recreios, sozinha no caminho de casa. E se Britta contar para a mãe o que Steffi disse, e a mãe contar para tia Märta? Então tia Märta vai entender que Steffi não se converteu de verdade. Que ela só fingiu que acreditava que Jesus é o filho de Deus e em tudo mais. É quase como mentir. Talvez, pior ainda.

Será que deve correr atrás de Britta? Dizer que não tinha intenção de magoá-la. Pedir desculpas? Mas já é tarde demais. Britta mora só a cinquenta metros subindo a ladeira. Ela já deve estar em casa. Sentada na cozinha com a mãe, contando como foi o dia na escola. Já deve ter contado sobre Steffi, Svante e a fotografia de Hitler. Sobre a briga a caminho de casa. E sobre o que Steffi lhe falou sobre Jesus. Talvez, a mãe de Britta já tenha até pegado o telefone e pedido para a telefonista ligar para tia Märta.

Começa a chover. Steffi passa pela casa de tia Alma. A luz da cozinha está acesa. Ela imagina a cozinha de tia Alma, aconchegante e convidativa. Com certeza, Nelli e as crianças devem estar sentadas em volta da mesa, comendo pães doces recém-saídos do forno. Cada uma das casas pelas quais ela passa está povoada de gente, famílias que conversam e que se gostam. Apenas ela está só.

Quando Steffi chega ao fim da aldeia, já não há mais proteção contra o vento. As rajadas fazem com que a chuva a açoite quase na horizontal. Ela luta contra o vento e tenta proteger o rosto, com as mãos, das gotas de chuva afiadas como agulhas. Dentro do bosque está um pouco melhor, mas na longa descida o vento lhe tira o fôlego.

Ela deveria correr o último trecho até em casa, tirar as roupas molhadas, secar-se com uma das toalhas de algodão grosso de tia Märta até a pele arder. Em dias frios e chuvosos como esse, tia Märta costuma lhe dar leite morno quando ela chega da escola.

Steffi passa pela casa e continua até a praia. As pedras estão molhadas e escorregadias. Por toda parte há montes de algas marinhas apodrecidas. Ela se equilibra, insegura, pela fina faixa de areia até chegar à arrebentação. Uma onda se atira sobre ela, e Steffi não desvia a tempo. As meias ficam empapadas até quase os joelhos e os sapatos fazem barulho como um sapo.

É perigoso deixar os pés frios. Pode-se pegar pneumonia e morrer.

E se ela morresse? Será que alguém na ilha ficaria infeliz, além de Nelli, é claro? Quem escreveria contando a novidade para mamãe e papai? Será que tio Evert a enterraria ali, na praia? Como os marinheiros na canção triste que tia Alma costuma cantar. Ele não voltou para casa como tinha prometido, então sua namorada vai até a praia e se atira no mar. Na sepultura da menina o marinheiro coloca uma âncora no lugar da cruz.

A música se chama "Sepultura na Praia". Não é exatamente uma música religiosa, mas é bem bonita e triste.

A água está escura e gelada. Deve ter sido no verão que a garota se afogou.

Ao longo da praia, Steffi continua até o pequeno cais e a cabana que serve de depósito. O bote está guardado em terra firme, emborcado com o fundo para cima. Steffi tenta abrir a porta da cabana. Está destrancada.

Lá dentro há um cheiro de peixe misturado com piche. Nas paredes, há fileiras de caixotes com aparência estranha. Algumas redes pretas se encontram penduradas no teto por linhas. Um remo quebrado, um banco velho com três pernas. Coisa que Steffi tem dificuldade de enxergar na escuridão. Ela descobre uma lona dobrada, onde se senta e tira os sapatos empapados. Em seguida, se deita e se cobre com uma das pontas desdobradas da lona.

Steffi acorda com alguém sacudindo-a pelos ombros.

— Acorde! — diz a voz de tio Evert. — Acorde, menina!

Steffi abre os olhos. Tio Evert está debruçado sobre ela. Ele lhe faz um leve carinho na face, mas para quando percebe que ela já está acordada.

— O que você está fazendo aqui, pelo amor de Deus? — pergunta ele num tom que Steffi não consegue distinguir se é de zanga ou preocupação.

— Eu peguei no sono. — É sua resposta boba. — Desculpe, não era minha intenção.

— Molhada que nem um vira-lata de rua — diz tio Evert, enquanto levanta a lona. — O que você veio fazer no depósito?

— Desculpe — murmura Steffi mais uma vez, sem saber bem por que pede desculpas.

Tio Evert a pega no colo e se dirige para fora do depósito. Ele a carrega no colo por todo o caminho até em casa; pelas pedras escorregadias e ladeira acima.

— Eu posso andar — diz Steffi. — Não estou doente.

No entanto, Steffi fica feliz por tio Evert não colocá-la no chão. É uma sensação muito boa ficar no colo dele. Quando ela era bem pequena, antes de Nelli nascer, papai costumava levá-la no colo quando ia se deitar. Cuidadosamente, ela pousa a cabeça no ombro de tio Evert.

— Meu Deus do céu, o que aconteceu? — diz tia Märta, quando tio Evert leva Steffi para dentro da cozinha e a deita no sofá de madeira. — Onde você a encontrou?

— Estava deitada no depósito — conta tio Evert. — Acon teceu alguma coisa?

— Que eu saiba, não — responde tia Märta. — Onde estão os sapatos?

— Estão lá embaixo — murmura Steffi. — Eu tirei os sapatos porque estavam molhados.

— Por que você foi para lá? — pergunta tio Evert. — Alguém fez alguma maldade com você?

— Fez — murmura Steffi. — Ou não, não foi realmente maldade...

Em seguida, parece que as palavras suecas que Steffi sabe se acabaram.

— Ela é uma criança diferente — diz tia Märta, enquanto ajuda a menina a tirar o sobretudo e o pulôver. Steffi está com tanto frio que treme e os dentes batem sem parar.

— Ela precisa de um banho quente — diz tia Märta. — Vá para a sala, Evert.

Tio Evert obedece e fecha a porta da cozinha. Tia Märta aquece água no fogão e despeja numa tina grande. Steffi tenta tirar as meias, mas seus dedos estão tão gelados que tia Märta tem de ajudá-la.

A água da bacia parece estar pelando. Steffi sente dor e, à medida que o corpo vai se aquecendo, parece que está cheio de agulhas. Ela desfaz as tranças e deixa o cabelo flutuar na água.

Tia Märta traz uma toalha e a camisola comprida. Ela ajuda a menina a secar as costas, mas o cabelo molhado Steffi tem de ajeitar sozinha. Mamãe costumava penteá-los com cuidado e dividi-los ao meio. Agora estão todos embaraçados e Steffi trabalha arduamente com o pente. Dói muito. Por fim, ela desiste e esconde o cabelo embaraçado embaixo da parte penteada.

Nem tio Evert nem tia Märta fazem mais perguntas. Steffi toma uma xícara de leite quente com mel e vai para a cama.

Na manhã seguinte, está resfriada e não precisa ir à escola dominical. Fica em casa uma semana inteira.

Tio Evert também fica em casa. Uma tempestade muito forte obriga o pesqueiro *Diana* a permanecer no porto. Tio Evert conta histórias sobre o mar e ensina a Steffi o jogo da velha.

Toda vez que o telefone toca ela se assusta, mas nunca é a mãe de Britta.

17

Quando Steffi volta à escola já começou a nevar. Flocos gigantes e molhados que se derretem assim que tocam o solo.

Svante deixa suas tranças em paz, o que já é um alívio.

Na hora do recreio, Britta leva Steffi para um lugar afastado. Pela expressão do rosto, nota-se que a menina tem algo importante a lhe dizer, mas trata de adiar o momento ao máximo.

Steffi observa os flocos de neve flutuando no ar. Ela não tem a mínima intenção de perguntar o que Britta quer. Se tiver alguma coisa a dizer, que dê um jeito de falar sozinha.

Britta pigarreia.

— Eu decidi que vou desculpar você — diz ela solenemente. — Se você realmente se arrepender do que disse. Aí Jesus também vai perdoá-la.

— Obrigada — diz Steffi, enquanto ensaia um ar de arrependimento.

— Mamãe me disse que nós devemos julgar moderadamente e ter paciência. — prossegue Britta. — Afinal, você viveu a sua vida inteira no reino do pecado. A culpa não é sua.

Reino do pecado! Steffi abre a boca para protestar, mas Britta a interrompe.

— Eu quero realmente ajudar você — diz ela. — A encontrar o caminho certo. Posso brincar na sua casa depois da escola?

— Eu não sei... — começa Steffi. Britta a interrompe mais uma vez.

— Minha mãe já conversou com a sua tia — diz ela. — Ela já disse que pode.

— Ah, é? — murmura Steffi. Steffi percebe que andam tramando algo pelas suas costas, mas não sabe exatamente o quê.

Depois da escola as duas partem a caminho de casa. Britta fala sem parar: conta sobre a aula de catecismo, sobre uma nova canção que aprenderam no domingo, sobre a festa de Santa Luzia que se aproxima.

— O que é a festa de Santa Luzia? — pergunta Steffi.

— Você não sabe? — pergunta Britta, como se fosse a coisa mais comum no mundo inteiro. É a festa da rainha da luz.

A resposta não ajuda Steffi a compreender nada.

Que rainha da luz?

Britta se anima e passa a explicar a comemoração nos mínimos detalhes.

— Primeiro, uma menina da classe é escolhida para ser a Luzia. E mais seis para serem as damas de companhia. Todos podem votar.

— E quem se deve escolher?

— Alguém que seja bonita — responde Britta com um suspiro quase imperceptível. — E que saiba cantar bem.

Vera canta muito bem. E também é bonita.

— A gente costuma votar na Sylvia — diz Britta.

As duas sobem a última ladeira. Britta se atrasa.

— Não tão rápido! Eu fico com dor do lado — reclama Britta.

Steffi tem vontade de implicar com Britta e em vez de diminuir a velocidade, começa a andar ainda mais rápido.

— Ei, espere por mim! — grita Britta.

Steffi não para até chegar no topo da ladeira. Ela aprecia o mar. Lá longe há um farol que pisca. A luz é branca, mas quando ela dá alguns passos para o lado, muda para o vermelho. Tio Evert lhe explicou que os barcos têm de seguir a luz branca. Se estiverem fora da rota, as luzes vermelhas servem para alertar contra o perigo de rochas ou áreas rasas.

Britta consegue alcançá-la.

— Por que você não me esperou? — pergunta ela em tom de acusação.

— Mas é o que eu estou fazendo — responde Steffi.

Os olhos semicerrados de Britta revelam a raiva que sente, mas a menina se lembra de que deve ter paciência.

— Algo lá embaixo? — pergunta ela em um tom mais amigável.

— O fim do mundo — responde Steffi, embora Britta não compreenda o que ela quer dizer.

— Eles são ricos, não são? — pergunta ela. — Os Janssons.

Steffi nunca havia pensado em tia Märta e tio Evert como "ricos". É claro que eles têm aquilo de que necessitam. Mas tia Märta faz todo o trabalho doméstico sozinha, sem ninguém que a ajude, e tio Evert vive de uniforme azul e tem cheiro de peixe, até quando está em casa faz vários dias.

— Não muito — responde ela.

— E a sua família em Viena? — pergunta Britta. — Eles são ricos?

Steffi pensa no apartamento grande, nos belos móveis e nos tapetes macios. Pensa nas roupas elegantes da mãe, nos casacos de pele e chapéus. Pensa no escritório do pai, com estantes do chão ao teto, repletas de livros com encadernação de couro. Pensa em tudo o que foram obrigados a abandonar, quando os nazistas lhes confiscaram o apartamento e o consultório médico do pai.

— Agora, não — diz ela, numa resposta curta.

Tia Märta abre a porta da frente como se estivesse esperando.

— Bem-vinda, Britta! — diz ela. — Entre.

Enquanto as duas penduram os casacos, tia Märta pergunta a Britta como vai sua mãe, sua avó e um mundo de gente de que Steffi nunca havia ouvido falar. Britta responde educadamente.

— Vá mostrar seu quarto a Britta — diz tia Märta. — Eu subo com pães doces e refresco num segundo.

Steffi sobe as escadas antes de Britta.

Britta observa o ambiente. Ela faz um ar de aprovação diante do quadro de Jesus e aponta para as fotografias sobre a cômoda.

— São os seus pais?

— São.

Britta passa rapidamente pela fotografia do pai, mas estuda a da mãe em detalhes. Por um instante, Steffi vê a própria mãe através do olhar de Britta. Os cabelos com permanente, os lábios pintados, a pele de chinchila em volta do pescoço de forma coquete. Tão diferente das mulheres da ilha, com seus cabelos presos com coques sem graça, rostos sem maquiagem e vestidos de algodão simples.

Ela sabe bem o que Britta pensa da mãe: frívola e superficial. Pecadora. Como as estrelas de cinema nas revistas que Sylvia, às vezes, leva para a escola e mostra para as outras garotas.

"Não é verdade!" Steffi quer dizer. "Ela não é assim. O que tem de mais em ser bonita?"

Ela vê diante de si a imagem da mãe na luz fria da estação de trem, na manhã em que partiram, ela e Nelli. O batom vermelho fazia com que o rosto parecesse ainda mais pálido, e havia linhas pequenas e finas em volta da boca que Steffi nunca havia percebido antes. Mamãe arrumara a bagagem até de madrugada, pois logo se arrependia e começava tudo outra vez. O pacote de sanduíches que havia preparado, ela esqueceu quando saíram de casa. Tiveram que voltar para buscá-lo.

— Você tem mais coisas? — pergunta Britta. — Coisas de Viena?

Steffi abre a última gaveta da cômoda e retira seus tesouros. Britta experimenta a caneta-tinteiro e estuda com curiosidade o diário. Não importa, está todo em alemão mesmo. Ela se encanta com a bailarina dando voltas e prova as joias de Steffi. Em seguida vê um lenço enrolado dentro da gaveta.

— O que é isso? — pergunta ela. Antes de Steffi conseguir detê-la, Britta estica o braço e segura o pequeno pacote.

— Me devolva isso! — diz Steffi.

— Deixa eu ver — diz Britta, enquanto se afasta da mão estendida de Steffi.

— Devolve!

Steffi segura o braço de Britta com força. Tudo acontece num piscar de olhos: Britta desenrola o lenço, Steffi sacode o braço dela e Tia Märta aparece na porta do quarto com uma bandeja na mão. Mimi, o cão de porcelana, rola das mãos de Britta, cai no chão e se quebra.

— Des... desculpe — gagueja Britta. Eu não tinha a intenção. Tia Märta segura a cabeça decapitada de Mimi do chão.

— O que é isto? — pergunta ela em tom severo. — É seu? De onde ele vem?

— Não foi culpa minha! — diz Britta com voz estridente. — Eu só queria dar uma olhadinha.

— Alma tinha um cão desses — diz tia Märta. — É este? Você o pegou?

Steffi encara os restos de Mimi pelo chão. Uma perna, o rabo, a base na qual a estatueta estava fixa. Muitos pedaços impossíveis de serem colados.

— Você o pegou?

— Sim — murmura Steffi. — Mas eu ia devolvê-lo.

— Então você é uma ladra.

A voz da mulher acerta a menina como um chicote.

— Acho que está na hora de eu ir para casa — diz Britta.

— É melhor mesmo — diz tia Märta. — Steffi, vá buscar a vassoura e limpe esta sujeira, depois você vai até a casa de Alma pedir desculpas.

Tia Märta acompanha Britta até a porta da rua. Steffi pega a vassoura e a pá, reúne todos os pedaços de porcelana em um monte e joga tudo na lata de lixo.

18

Tia Märta tem uma longa conversa com tia Alma ao telefone. Steffi senta-se na cama e fica à espera da decisão do julgamento. Será que terá de andar o caminho inteiro até a casa de tia Alma e depois voltar na escuridão? Será que terá mais algum castigo?

O olhar de águia de tia Märta descobre um pequeno caco de porcelana no chão.

— Pegue-o! — ordena.

Steffi obedece. O pedaço é tão pequeno que ela quase não consegue segurá-lo entre o indicador e o polegar.

— Tia Alma e eu decidimos que você não irá até lá esta noite — explica tia Märta. — Você precisa de tempo para refletir sobre o que fez e realmente se arrepender. No domingo, depois do catecismo, você vai acompanhar Nelli à casa de tia Alma para pedir desculpas.

A princípio Steffi se sente aliviada, porém quanto mais o tempo passa, mais ela sente que gostaria de deixar a história toda para trás o mais breve possível. Hoje é quarta-feira. Faltam quatro dias para o domingo. Quatro longos dias.

No dia seguinte, Britta lhe dá as costas no corredor e se mantém no outro extremo da carteira, como se Steffi estivesse contaminada por alguma doença contagiosa.

— Hoje nós vamos eleger a Luzia da turma — diz a professora —, alguém tem alguma sugestão?

Barbro levanta o braço.

— Sim, Barbro?

— Eu acho que Sylvia deve ser a nossa Luzia.

— Alguém mais?

A classe se mantém em silêncio. Ninguém levanta o braço.

— Ninguém mais?

Margit, uma menina silenciosa que costuma pular corda com Britta e as outras meninas, levanta o braço timidamente.

— Margit?

— Sylvia — diz ela numa voz quase inaudível.

— Já sugeriram a Sylvia, mais alguma sugestão? Ninguém mais?

— Sim — diz Steffi.

— Aqui na classe nós levantamos o braço quando queremos dizer alguma coisa — diz a professora. — E então?

— Vera — diz Steffi. — Eu acho que a Vera deve ser a Luzia.

Alguém começa a rir. Uma caneta cai no chão. Vera se vira e atira um olhar breve e estranho para Steffi. Sylvia joga os cabelos com a cabeça e sorri, como se não se sentisse atingida.

— Muito bem, então começamos a votação — diz a professora.

Vera levanta o braço.

— Eu não quero ser Luzia — diz ela. — Sylvia é muito melhor.

— Isso quem vai decidir é a turma — diz a professora.

Ingrid, que é a representante da classe, recebe um maço de tiras de papel para distribuir. Cada aluno deve escrever quem será a Luzia e depois dobrar o papel. A professora escreve os nomes das candidatas no quadro negro.

Quando todos já votaram, Ingrid volta a recolher os votos e devolve-os à professora. Ela desdobra o primeiro.

— Vera — diz ela, enquanto faz um traço abaixo do nome de Vera no quadro.

Steffi se pergunta se o papel era dela. Será que vai ser o único voto para Vera?

— Vera — diz a professora novamente e desenha mais um risco. — Vera. Vera.

Papel após papel é aberto. Traço após traço surge abaixo do nome de Vera. Abaixo de Sylvia, o quadro está quase vazio.

— Vera, Vera, Vera, Sylvia, Vera, Vera.

Quando a contagem termina, Vera recebe 26 votos, enquanto Sylvia, seis.

— Uma Luzia ruiva — diz Sylvia em voz alta, sem levantar o braço — Onde já se viu isso!

— Hum, Vera — diz a professora. — Você é a Luzia deste ano.

Vera parece infeliz.

— Mas o meu camisolão está curto demais — diz ela.

— É só baixar a bainha — diz a professora. — Ou então fazer uma emenda, se for preciso. A coroa, nós emprestamos.

— Ela não vai nem precisar de velas — diz Barbro. — O cabelo já está pegando fogo mesmo.

— Qual é o problema com vocês hoje? — pergunta a professora. — O próximo que falar sem levantar o braço vai pra fora da sala. Sylvia pode ser dama de companhia, não é mesmo?

A turma concorda com um murmúrio.

— Eu tenho mais uma sugestão — prossegue a professora. — Stephanie nunca participou de uma procissão de Luzia, e talvez esta seja sua única oportunidade. Eu acho que nós deveríamos deixá-la ser uma das damas de companhia.

Ninguém diz nada, nem sim nem não.

Além de Sylvia e Steffi, são eleitas damas Barbro, Gunvor, Majbritt e Ingrid. Todas, exceto Ingrid, fazem parte da patota de Sylvia.

Quando todos saem para o intervalo, a professora chama Steffi.

— Você vai precisar de um camisolão de algodão branco — diz ela. — Peça a sua mãe adotiva para comprar um. E também uma coroa de ramos de folhas naturais para os cabelos. Folhas de mirtilo funcionam bem, por aqui é difícil demais encontrar ramos de oxicoco.

Steffi procura Vera no pátio da escola, mas não a vê em parte alguma. Sylvia encara Steffi e cochicha alguma coisa com suas amigas.

— Essa você vai me pagar caro! — grita no ouvido de Steffi, enquanto sobem a escada, depois do recreio.

O dia passa devagar. Steffi está distraída e recebe uma advertência da professora. Ela tenta se concentrar em Carlos XII e a guerra contra a Rússia. Mas o cão de porcelana quebrado, as desculpas a tia Alma, o olhar estranho de Vera, a ameaça de Sylvia e o camisolão branco que ela tem de arranjar; tudo gira em sua cabeça e abafa a ladainha da professora.

— Stephanie? — Seu nome surge na neblina dos pensamentos.

— Eu não escutei a pergunta — diz ela num murmúrio.

A professora passa a pergunta para Britta. É evidente que sabe a resposta. Tudo o que se pode decorar é a especialidade de Britta. Os versos dos salmos, o nome das montanhas mais altas e das capitais.

No último tempo de aula eles têm ditado. É a matéria de que Steffi menos gosta na escola. Falar o sueco é mais fácil, mas escrever é difícil, e escrever corretamente as palavras parece ser quase impossível.

— "Os comandantes já estavam a bordo" — lê a professora. — "Agora se dirigiam para o mar aberto a fim de interceptar a embarcação mestra..."

Steffi molha a caneta-tinteiro e escreve. Como se soletra a palavra interceptar?

"...a fim de *intersseptar* a embarcação mestra...", ela escreve.

— "...cruzando as ondas gigantescas..." — a professora continua. Ela deve ter perdido alguma palavra. O que será? Steffi olha para o caderno e tenta descobrir qual a palavra que falta. E, agora, já esqueceu tudo o que a professora acaba de ditar.

Steffi desiste e pousa a caneta na carteira.

— Stephanie? — diz a professora. — Por que você não está escrevendo?

— Eu não consigo.

— O que está acontecendo com você hoje? — pergunta a professora impacientemente. — Está doente outra vez?

Steffi nega com a cabeça e se arrepende de imediato. Poderia ter dito que se sentia febril. Então, a mandariam para casa.

— Então trate de trabalhar — repreende a professora e prossegue com o ditado. Steffi pega a caneta. As palavras continuam a escapar dela. Por fim, o sinal toca.

Ela sai da escola sozinha. Britta não lhe dirigiu uma palavra durante o dia inteiro.

No caminho, um pouco à frente dela, Steffi avista uma mecha de cabelos ruivos. Ela apura o passo e consegue alcançar Vera. Ela deve estar contente de ter sido eleita a Luzia da turma.

Mas Vera lhe diz com raiva:

— Você pode me explicar por que fez aquilo?

— Aquilo o quê?

— Não se intrometa no que não foi chamada, tá bom? A Sylvia nunca vai me perdoar por isso.

— Perdoar você? Mas é a mim que ela odeia.

— Você não entende nada mesmo! — diz Vera aos gritos. — Sua burra! Você estragou tudo.

— Mas eu não tinha a intenção... — Steffi começa a dizer. Vera, porém, não a escuta. Ela entra na primeira rua à direita e desaparece, com os cachos vermelhos voando atrás dela.

19

— E agora, Steffi? Vão mandar você embora pra casa em Viena? — pergunta Nelli, a caminho de casa depois da escola dominical.

— Não — responde Steffi bruscamente. — Nós não podemos ir pra casa. Estamos em guerra, sua boba.

Ninguém poderá enviá-la para casa, não importa o que faça. Mas, talvez, para outro lugar. Para uma outra família ou um orfanato. Outro lugar onde ela não tenha nem mesmo Nelli.

Nelli se cala. Diante do portão, ela tenta encorajar a irmã:

— Se for pra casa você pelo menos vai encontrar mamãe e papai.

Ela abre a porta da rua e grita:

— Mãe! Já chegamos!

Mãe? Ela está chamando a tia Alma de mãe? Steffi sente o corpo arder de tanta raiva.

— Ela não é a sua mãe — começa a dizer, mas é interrompida por tia Alma, que aparece no corredor.

Tia Alma fecha a porta da sala e se senta à mesa.

Steffi senta-se na ponta da cadeira e segura firme nos lados do assento, como se tivesse medo de cair. Na cozinha ao lado, Nelli brinca ruidosamente com as crianças.

— Por que você pegou o cão? — pergunta tia Alma com uma severidade na voz que Steffi desconhecia.

— Desculpe — diz Steffi baixinho. — Eu sinto muito por ter quebrado o seu cachorro.

— Não é pelo cão que eu estou triste — diz tia Alma. — É por você ter pegado algo sem pedir. Você não entende que isso é roubo?

— Eu pensava em colocá-lo no lugar de novo — diz Steffi quase num suspiro.

— Não se pode pegar uma coisa de outra pessoa — diz tia Alma. — "Não roubarás." Você já deve ter escutado isso no catecismo.

— Eu já tinha escutado muito antes disso — responde Steffi em voz alta e com tom de despeito. Tia Alma acha, provavelmente, que nunca lhe ensinaram nada na casa dela. Como se tivessem inventado os Dez Mandamentos aqui na ilha.

— Você me decepcionou — diz tia Alma. — Eu que sempre defendi você.

Tia Alma parece estar magoada, como se achasse que Steffi pegara o cão apenas para fazê-la infeliz.

— Por que você roubou o cão?

Steffi não responde. Tia Alma olha para ela severamente. Por fim Steffi diz:

— Eu só queria tocar nele um pouquinho.

Tia Alma suspira.

— Eu estou arrependida — diz Steffi. — Eu estou muito arrependida. Nunca mais vou fazer isso. Por favor, tia Alma, você pode me perdoar?

Então tia Alma abre um sorriso e lhe dá alguns tapinhas nas bochechas.

— Está bem — diz ela. — Eu perdoo você, desde que esteja realmente arrependida.

A história, porém, ainda não acaba ali. À noite há um culto na Igreja Pentecostal. Steffi tem de acompanhar tia Märta, apesar de já ter ido à escola dominical depois do almoço. Tia Märta lhe diz para ficar de joelhos.

— Nós vamos orar juntas — diz tia Märta.

Ela começa a rezar em voz alta. Ela pede a Jesus que guie Steffi pelo bom caminho e a ajude a não cometer mais pecados. Steffi sente as faces ficarem vermelhas. Ela olha para os lados, a fim de controlar se alguém mais está escutando.

— Reze! — diz tia Märta e lhe dá um leve empurrão de lado.

— Querido Jesus — começa Steffi, e logo se perde. — Querido Jesus, por favor me ajude a não ser uma má menina. Faça com que eu seja boazinha. E o mesmo com a Sylvia. E permita que eu possa estar com papai e mamãe logo.

— Peça perdão — murmura tia Märta.

— Perdão por eu ter pegado o Mimi da cristaleira da tia Alma.

— Mimi, que bobagem é essa, agora? — pergunta tia Märta quando as duas saem do culto. — Só quem tem nomes são os seres vivos. E os barcos, é claro.

Steffi fica calada. Ela imagina um ser vivo chamado Mimi. Um pequeno cão, com manchas marrons no pelo branco, e com focinho preto e molhado.

Antes de se deitar, Steffi prepara a mochila da escola. Ela escreveu o texto da música cantada na festa de Luzia, e agora tem de decorá-lo até quarta-feira, dia do cortejo. A melodia é difícil, mas Steffi pensa em cantar baixinho, quase apenas mover os lábios.

Já é domingo e Steffi ainda não criou coragem para pedir a tia Märta o camisolão branco. Logo será tarde demais para conseguir um. Não é muito provável que tia Märta queira ir até Gotemburgo comprar um. Talvez ela possa pegar emprestado ou costurar um.

Tia Märta está sentada na cadeira de balanço e folheia um jornal.

— Huum — começa Steffi. — Na quarta-feira é a festa de Luzia.

Tia Märta desvia o olhar do jornal.

— Ah, é? — diz ela.

— Eu vou ser dama de companhia.

Tia Märta assente.

— Que beleza.

Ela vira uma página do jornal.

Steffi toma coragem para continuar.

— Eu preciso de um camisolão branco de algodão.

— Então, vamos arranjar um — diz tia Märta num tom quase amigável. — Vá se deitar agora.

Na noite antes da festa, há uma peça de roupa bem passada e cuidadosamente dobrada na cama de Steffi. Ela a desdobra. É uma longa camisola de flanela, com botões no pescoço. A cor é branca, mas pode-se distinguir um pálido motivo de flores miúdas azuis.

Steffi havia imaginado uma roupa de Luzia totalmente diferente. Mais bonita, cheia de babados e fitas de cetim; mais como um vestido de noiva. Mas tia Märta sabe certamente como deve ser. Ela dobra a camisola com cuidado, envolve-a no papel de seda e guarda o pacote na mochila.

Na manhã seguinte Steffi sai de casa uma hora mais cedo. Todos vão ensaiar a procissão de Luzia antes que as outras crianças cheguem. Para variar um pouco está nevando, e um vento leste a obriga a caminhar contra o vento, até a escola.

A professora já deixou as meninas entrarem na sala de aula. Os meninos que vão participar trocam de roupa na sala ao lado.

Vera usa um camisolão branco simples, com uma pequena gola redonda. A professora passa uma fita de cetim vermelho grossa pela cintura dela. Sylvia faz piruetas e mostra a todas o camisolão novo, com belos babados na gola e nas mangas.

Ingrid, a representante de turma, troca de roupa em um canto. O camisolão que veste pela cabeça é totalmente branco, assim como os das outras garotas.

Steffi vai para o lado de Ingrid e começa a se despir. Ela treme de frio e se apressa em tirar o camisolão de tia Märta da mochila. Ingrid olha distraidamente para a peça de roupa e toma um susto.

Steffi coloca a camisola pela cabeça e começa a abotoar os pequenos botões na gola. As mangas estão meio compridas e a atrapalham um pouco.

— Olha! — grita Barbro — Olha a Steffi!

Todos olham para Steffi. Sylvia cai na gargalhada.

— Ela tá usando uma camisola velha!

— E florida! — completa Barbro às gargalhadas.

Gunvor e Majbritt também completam o coro de risos. Ingrid busca o olhar da professora e esconde o riso mal disfarçado. Vera não ri. Ela está pálida e parece não perceber o que acontece à sua volta.

— Silêncio! — grita a professora. — Parem imediatamente!

— Ela vai usar isso aí? — pergunta Sylvia. — A procissão inteira vai ser um desastre. Já basta nem saber cantar.

A professora suspira alto.

— Espere aqui — diz ela. — Eu vou conseguir um outro camisolão para você, Stephanie. Ingrid, trate de fazer com que as outras fiquem quietas.

A sensação é de que a professora ficou ausente por horas, apesar de terem sido apenas dez minutos. Steffi tira a camisola e veste o pulôver por cima das roupas íntimas, a fim de não sentir frio. As outras meninas se penteiam e cochicham entre si. Vera repete sem parar os versos da canção de Santa Luzia.

— Agora a gente não vai ter quase tempo de ensaiar — diz Ingrid, desgostosa.

— Não, e de quem é a culpa? — Sylvia aproveita a oportunidade.

Por fim a professora volta com um traje típico. O camisolão está curto para Steffi e a professora desfaz a bainha.

— Ninguém vai notar que está sem bainha — ela diz. — Mas você vai ter que levá-lo para casa e refazê-la. Eu peguei emprestado da esposa do zelador. A filha deles já está grande demais para essa roupa.

Elas ensaiam a canção algumas vezes. Em seguida todos vão esperar na sala ao lado, onde os mapas ficam guardados.

— Agora! — ordena a professora enquanto abre a porta do corredor. Ela acende as seis velas da coroa pesada que Vera carrega. As damas acendem as velas que vão levar em suas mãos unidas. Vagarosamente, passam pelo corredor, onde a classe toda está em pé para assistir ao cortejo. Steffi e Ingrid caminham mais perto de Vera. Logo atrás delas, estão

Sylvia e Barbro, depois vêm Gunvor e Majbritt, e por último os dois garotos, levando na mão seus chapéus em forma de cone e varinhas, com estrelas de papel douradas na ponta.

Faltam apenas alguns metros para terminarem, quando Steffi sente que alguém segura sua trança. Ela nem chega a compreender o que está acontecendo, até que escuta um som estranho e sente um cheiro medonho de queimado.

— Está pegando fogo! — grita alguém.

Steffi segura a trança da direita. Do lugar onde estava a fita restam apenas alguns tufos de cabelo queimado.

— Como aconteceu isso? — pergunta a professora.

— Eu não sei — responde Sylvia com ar inocente. — Ela deve ter virado a cabeça e a trança encostou na minha vela. Ou na de Barbro.

— É, sim — concorda Barbro. — Foi assim mesmo.

Steffi permanece calada. Sylvia é sua inimiga e, além disso, é a mais forte.

20

A grande tesoura da cozinha descansa pesada no colo de Steffi. Ela levanta a trança queimada e a estuda. As pontas ainda têm cheiro de queimado.

A casa está silenciosa. Steffi está sozinha.

Ela experimenta a tesoura na altura da fita que fixa a trança. Depois, vai um pouco mais acima, e mais acima, até a tesoura gelada tocar em seu pescoço.

O rosto, que vê no espelho pendurado na pia do lavatório, está pálido. Ela olha no fundo de seus próprios olhos e pressiona as lâminas da tesoura.

A tesoura corta um pedaço da trança. As mãos de Steffi a pressionam ainda mais. As lâminas cegas vão picando com dificuldade a cabeleira, até novamente se unirem com um som repentino.

A trança cortada pende da mão da menina como uma cobra sem vida. Ela vê uma imagem curiosa no espelho. Numa metade, vê a Steffi de sempre; na outra, um ser estranho com cabelos cheios que se espalham, selvagens, por todos os lados.

A porta da rua se abre e se fecha outra vez.

— Steffi! — grita tia Märta. — Está em casa?

— Sim — responde ela sem tirar os olhos do espelho.

— O que está fazendo?

— Nada de especial.

— Chegou uma carta para você! — grita tia Märta.

Com a trança ainda na mão, Steffi desce as escadas. Tia Märta a encara com surpresa.

— O que você fez, menina? Ficou totalmente maluca?

— Eu pensei em cortar um pouco — diz Steffi. — Eu não sei o que aconteceu... só sei que ficou assim.

— Bem — diz tia Märta, — cabelos curtos são mais práticos, é claro.

Steffi se senta em uma cadeira da cozinha com um lençol velho em volta do pescoço. Tia Märta solta a outra trança e começa a cortar, a fim de deixar os dois lados do mesmo tamanho. Grandes tufos de cabelos caem no jornal espalhado pelo chão.

Em seguida tia Märta apanha uma pequena tesoura da cesta de costura e passa a aparar as pontas. Steffi fecha os olhos. Ela quase não pode acreditar que é tia Märta, com suas mãos rígidas, quem toca tão delicadamente em seus cabelos.

Quando está pronto, Steffi se olha no espelho do corredor. O penteado já não está tão esquisito, mas ela não se reconhece. O pescoço é magro e comprido e os olhos parecem muito maiores. O peso das tranças, que estava acostumada a sentir quando virava a cabeça, desapareceu. Ela tem a sensação de estar nua, como se não tivesse cabelo nenhum.

Tia Märta joga a trança cortada e o resto de cabelo na lata de lixo. Quando Steffi a contempla, misturada com cascas de batata, arrepende-se. Gostaria de tê-la guardado, mas agora já é tarde demais.

Só depois de ter recolhido os jornais e varrido as mechas de cabelo que caíram para fora, tia Märta lhe mostra as cartas. São duas.

Uma tem um selo alemão e a caligrafia do pai no envelope. A outra vem de Gotemburgo e foi enviada pelo Comitê de Ajuda.

O coração de Steffi bate forte. Isso deve significar algo especial; ambas as cartas chegarem ao mesmo tempo. Imagine se tudo funcionou? Se mamãe e papai já receberam o visto para a América!

Tia Märta abre o envelope do Comitê de Ajuda, apesar de a carta estar endereçada a Steffi.

A folha de papel está escrita a máquina, com letras meio apagadas. Acima se lê a palavra "Querida" datilografada e depois, "Stephanie", escrita à mão.

— *Querida Stephanie* — lê tia Märta em voz alta. — *Nós do Comitê de Ajuda desejamos a você um Feliz Natal e esperamos que já se sinta em casa na Suécia.*

Tia Märta ajeita os óculos de leitura e lança uma olhadela para Steffi, por cima dos óculos. Steffi assente, repleta de expectativas. Claro que sim, ela já se sente em casa, desde que tia Märta se apresse em ler o restante. Na verdade, Steffi gostaria de tirar a carta das mãos dela e ler sozinha. Será que o que espera tão ansiosamente está naquela carta?

— *...obedeça aos seus pais adotivos e mostre gratidão por terem-na tão generosamente recebido... esforce-se para melhorar o domínio da língua sueca... aprenda com os amigos suecos...*

Em cada frase a esperança de Steffi diminui. Se realmente estivesse perto de partir, todos aqueles conselhos seriam inúteis. Ainda assim, ela espera pelo fim. Talvez esteja no final da carta.

— *Lembre-se* — tia Märta lê — *que uma criança preguiçosa e mal-agradecida causa terríveis danos a si mesma e ao nosso trabalho, sim, até mesmo a todo o povo judeu.*

Tia Märta dobra a folha de papel.

— E isso é tudo?

Tia Märta concorda com a cabeça.

— Saudações cordiais e uma assinatura.

Ela lhe atira a carta por cima da mesa. Steffi a estuda rapidamente. Nada mais do que conselhos.

— Bons conselhos — comenta tia Märta. — Espero que você se lembre deles. Guarde a carta, assim você pode relê-la de vez em quando.

Steffi volta a guardá-la no envelope. Não pensa em relê-la nunca mais.

Depois do jantar, Steffi sobe para o quarto e fecha a porta. Com os dedos trêmulos, abre a carta do pai. Pode ser que, ainda assim, tenham recebido o visto. Talvez as senhoras do Comitê não tenham recebido a notícia ainda.

O envelope tem dois maços de papel. Um com a caligrafia do pai, e outro com a da mãe.

Minha querida Steffi, escreve o pai. *Quando você e Nelli partiram, nós acreditávamos que seria por pouco tempo. Agora já se passaram quatro meses, e parece que ainda vai demorar até que nos vejamos outra vez. Apesar de todos os meus esforços, ainda não conseguimos o visto para a América. Tudo parece muito difícil, mas não devemos perder as esperanças.*

"Não perder as esperanças." Como manter as esperanças quando ela se decepciona o tempo todo? As lágrimas nos olhos de Steffi fazem que a caligrafia perfeita do pai fique fora de foco. Steffi esfrega os olhos e continua a ler.

Papai conta que conseguiu uma permissão para trabalhar no hospital judeu.

É um trabalho fatigante. Somos poucos e todos os materiais hospitalares e medicamentos estão em falta. Mas, para mim, essa é a única maneira de continuar a trabalhar como médico, além disso eu sinto que sou útil.

Minha Steffi querida, você é uma mocinha e tem de ter coragem. Tome conta de Nelli, que é pequena e não consegue compreender tudo que está acontecendo tão bem quanto você. Todos nós temos de acreditar que esse período é passageiro e que muito em breve estaremos juntos novamente. Para mim e mamãe, é um alívio muito grande saber que vocês estão em segurança, aconteça o que acontecer.

A carta do pai termina com uma saudação à "família sueca" de Steffi. *Conte a eles o quanto somos gratos por tomarem conta de vocês.* Gratos, gratos, gratos! Steffi deixa de lado a caligrafia miúda e segura a carta da mãe.

Meu amorzinho! Como eu sinto saudades de vocês. Diariamente olho para suas fotos e as do nosso passeio em Wienerwarld. Mas já estão antigas, e vocês devem ter crescido muito no ar saudável do litoral. Como eu gostaria de receber algumas fotografias recentes de vocês. Alguém tirou alguma? Talvez com suas famílias suecas? Nesse caso, por favor, envie-nos! Ou talvez alguém tenha uma câmera que possam pedir emprestado. Diga que sua mamãe está desesperada de curiosidade em ver como vocês estão, depois desses quatro meses na Suécia.

Steffi leva a mão até o pescoço e toca os cabelos. O que mamãe vai dizer, quando a vir sem as tranças de que tanto gostava? No verão passado, quando haviam acabado de chegar à ilha, tia Alma tirara algumas fotos de Steffi e Nelli com Elsa e John. Talvez possa enviá-las para mamãe e escrever que são as mais recentes.

Mais cedo ou mais tarde mamãe vai ficar sabendo. Se bem que os cabelos crescem mais rápido quando são cortados. Talvez cresçam até a altura dos ombros antes mesmo da viagem para a América.

21

Sylvia começa a rir quando vê os cabelos de Steffi.

— Seu cabelo todo pegou fogo, foi?

— Não, ela cortou com a tesoura de tosar carneiros — completa Barbro.

Steffi não responde. Na Áustria ela sabia dar respostas. Se alguém lhe dissesse alguma coisa, ela respondia no mesmo instante. Mas em sueco as palavras chegam devagar e não são suficientes. Por isso ela se esquiva.

Depois da festa de encerramento escolar, na igreja, Steffi se sente encantada pela beleza da cerimônia: as velas acesas, a música de órgão, os salmos.

— "É uma rosa que desponta..." — canta ela baixinho sem prestar muita atenção na conversa de Nelli.

— Eu recebi um presente de Natal de Sonia — conta Nelli com orgulho. — Mas ela diz que só posso abrir o pacote na véspera de Natal. E a tia Alma vai tirar uma fotografia nossa hoje à tarde. Para mandar para a mamãe no Natal.

Steffi fica estática.

— Quem disse isso?

— Mamãe me escreveu e disse que queria uma fotografia — diz Nelli. — Ela não escreveu isso na sua carta?

— Não — mente Steffi.

— Ah, não? — diz Nelli. — Mas na minha ela escreveu. E quando eu for a Gotemburgo comprar presentes de Natal, vou comprar umas molduras. A gente também vai a uma confeitaria.

— Não existem confeitarias em Gotemburgo — diz Steffi. — Pelo menos não como as de Viena.

— Existem, sim!

Somente agora ela percebe que Nelli lhe responde em sueco, apesar de Steffi lhe falar em alemão.

— Por que você está falando em sueco comigo?

— Por que não?

— Porque nós falamos alemão. É a nossa língua.

— Mas fica tão estranho se alguém tá escutando.

— E agora você acha que é sueca?

Nelli não responde. Ela tira um pequeno pacote do bolso do casaco, coloca-o perto do ouvido e sacode.

— Papai e mamãe ficariam tristes se escutassem você — diz Steffi. — Muito tristes e zangados.

Nelli guarda o pacote no bolso. Ela faz um bico com o lábio inferior e se cala o resto do caminho.

Tia Alma serve refresco de framboesa, pães de açafrão e biscoitos de gengibre. Ela lhes pede que mostrem o boletim da escola, e as elogia por terem sido tão boas alunas.

— Logo vocês serão as melhores da classe, as duas — diz ela. — Assim que aprenderem um pouco mais de sueco.

— No próximo semestre nosso boletim será americano — diz Steffi. — Se já tivermos aprendido inglês.

Tia Alma ganha uma expressão de preocupada.

— Minha querida — diz ela —, eu não acho que você deva contar com uma viagem para a América na primavera.

— Mas — Steffi começa a falar — papai escreveu que...

Elsa e John se cansam de esperar bem-comportados à mesa. Um passa a correr atrás do outro em volta da cozinha, aos gritos. Nelli desce da cadeira e agarra John. Ele cai na gargalhada quando ela lhe faz cócegas.

— Seu pai faz, com certeza, o melhor que pode — diz tia Alma. — Mas é muito difícil fazer uma viagem durante uma guerra.

O que tia Alma quer dizer com isso? Elas vão ficar na ilha até a guerra terminar? Quanto tempo pode durar?

— Mas a América — Steffi tenta argumentar —, a América não está em guerra...

Tia Alma se ocupa com as crianças e não a escuta.

— Cuidado com as roupas! — grita ela. — Vocês vão tirar fotografias.

Ah, e isso também! Steffi tinha esquecido totalmente.

— Nós precisamos mesmo tirar uma nova foto? — pergunta Steffi — Não podemos mandar aquela que a senhora tirou no verão?

— Mas Nelli disse que sua mãe quer uma foto recente — responde tia Alma. — E agora, que vocês estão bem-vestidas, é uma excelente oportunidade.

Tia Alma fotografa as meninas na escada. Primeiro apenas Steffi e Nelli, depois todas as quatro crianças.

— Tire uma foto comigo também — diz ela a Steffi.

— Eu não sei como se faz.

— É fácil — diz tia Alma —, eu controlo a distância e o diafragma, agora você só precisa apertar o botão.

Tia Alma mostra a Steffi onde deve ficar e como deve fazer. Depois, vai para a escada, coloca John no colo e uma menina de cada lado. Steffi segura firme a câmera, que dispara um ruído metálico quando ela aperta o botão.

— Vou deixar o filme em Gotemburgo — diz tia Alma. — Assim Sigurd pode ir buscar as fotos depois do Natal.

Nelli fica desapontada.

— Mas eu pensei que a mamãe ia ganhar as fotos no Natal — diz ela.

— É claro que não, sua burrinha — diz Steffi. — Nem uma carta comum chega a Viena antes do Natal, se for mandada agora.

Nelli lhe faz uma careta.

— Deixa de ser metida, tá bom! — diz ela.

Steffi ajuda tia Alma a lavar a louça e passa o tempo todo na esperança de ser convidada a ir a Gotemburgo. Tia Alma conversa sobre os mais variados assuntos, e Steffi não toma coragem para lhe pedir.

Nelli acompanha Steffi até o portão na hora de ir embora.

— Steffi — diz ela.

— O que é?

— Eu queria comprar um presente para a Sonia, já que ganhei um dela.

— Faça isso. Compre alguma coisa em Gotemburgo.

Nelli diz que não com a cabeça.

— Tia Alma prometeu me dar dinheiro para a moldura da mamãe, e um presente pra você. Não dá pra um presente pra Sonia também. Você tem algum dinheiro?

Steffi só tem os 25 centavos que, certa vez, um marinheiro lhe atirou. E também uma coroa que tio Evert lhe deu. Mas ela não pretende dar o dinheiro a Nelli, para ela comprar um presente à insuportável da Sonia.

— O que eu tenho, vou precisar. Eu também tenho que comprar presentes.

— E o que eu vou fazer?

Steffi dá de ombros.

— Sei lá. Peça a tia Alma um pouco mais de dinheiro.

— Não posso.

— Então não compre nada.

— Sonia é a minha melhor amiga — diz Nelli. — Ela é a menina mais boazinha de todas, e deve ter comprado alguma coisa bem bonita pra mim.

— Dê alguma coisa sua pra ela — diz Steffi. — Alguma coisa que você trouxe de Viena pra cá.

— O quê?

Steffi não pensa antes de falar. As palavras simplesmente brotam de sua boca:

— Seu colar de corais.

Nelli fica pálida.

— Mas isso eu não posso dar de presente! É da mamãe.

— Agora é seu.

— Você acha mesmo — pergunta Nelli com voz trêmula — que eu devo dar de presente o colar?

— Claro que sim, ou você tem alguma outra coisa?

Nelli nega com a cabeça.

— Você deve fazer como achar melhor — diz Steffi. — Tchau.

Quando dá alguns passos, Steffi olha para trás. Nelli continua parada no portão. Ela parece tão pequena. Steffi faz menção de voltar atrás e dizer que só estava brincando, mas decide continuar.

Ela não faria uma bobagem dessas. É claro que não.

22

Uma semana antes do Natal, Steffi e tia Märta limpam a casa, do chão ao teto. Penduram cortinas com motivos de Natal na cozinha, e uma toalha de mesa decorada com anões e ramos de pinheiro na mesa da sala. Tia Märta faz pães e prepara o presunto de Natal.

Quando vai preparar o arenque, descobre que falta vinagre.

— Você vai ter de ir ao armazém — diz a Steffi — Mas nada de embromar no caminho. Volte depressa pra casa, entendeu?

Steffi sai a caminho da mercearia com uma bolsa enorme pendurada no braço. O porta-moedas e a lista de compras estão guardados no bolso de dentro do sobretudo. Na mão esquerda, ela leva seu próprio dinheiro; uma coroa e 25 centavos, com os quais pretende comprar presentes de Natal para Nelli e tio Evert.

Tia Märta vai ganhar um pegador de panelas de crochê, que havia feito na aula de trabalhos manuais. Está meio torto, mas depois de Steffi ter de refazê-lo três vezes, a professora decidiu que já estava bom demais.

Uma sineta toca todas as vezes que a porta da loja se abre e se fecha. Atrás do balcão, o dono da mercearia pesa o café em sacos de papel pardo. Nas estantes, estão arrumadas latas de conserva, garrafas e pacotes. No chão há um barril de madeira com arenques e sacos de açúcar e farinha de trigo. Dois vidros enormes atraem a atenção com seus caramelos e balas.

Steffi é a única cliente.

— Bom-dia — cumprimenta ela educadamente o dono da mercearia. Ele lhe faz um sinal curto com a cabeça e continua a pesar o café.

Steffi espera. Somente depois de todos os sacos estarem cheios, o comerciante diz:

— Ah, o que você vai querer?

Steffi pega a lista e começa a ler:

— Uma garrafa de vinagre, 250 gramas de café, um quilo de flocos de av....

O homem tira uma garrafa de vinagre da estante e coloca no balcão. Ao lado, um dos sacos de café.

A porta se abre.

— Em que posso servir? — diz ele para a mulher que acaba de entrar.

— ...eia... — diz Steffi e se cala.

A mulher tem uma longa lista de compras. Ela prova diversos queijos antes de se decidir. Depois, escolhe cuidadosamente quatro laranjas, após ter apertado com a mão, no mínimo, vinte delas. Steffi aguarda, enquanto oscila de uma perna a outra. Em casa, tia Märta aguarda pela garrafa de vinagre.

Sylvia surge do andar superior. Ela se debruça para a frente e, com as mãos no queixo, apoia os cotovelos no vidro do balcão.

— Meu vestido de Natal é azul — diz ela —, e o seu, qual é a cor dele?

Steffi não responde.

— Ou você não vai ganhar nenhum vestido novo?

— Claro que vou — mente ela. — Mas vai ser uma surpresa.

Sylvia lhe dá um sorriso de superioridade.

— Mentira sua.

A mulher chega finalmente ao fim da lista e faz as contas. Sylvia se senta em um banco, no canto do balcão, e começa a folhear uma revista.

— Obrigado — diz o vendedor. — Muito obrigado. Obrigadíssimo. Prazer em servi-la.

Quando a mulher sai, o vendedor se vira para Steffi.

— E então, o que você quer?

Steffi volta a ler a lista:

— Um quilo de flocos de aveia...

— Deixa que eu leio isso — ele diz e lhe toma a lista das mãos. — Aveia, fermento, ervilhas...

Ele pesa as mercadorias. As ervilhas em conserva da estante acabaram.

— Sylvia, vá buscar uma lata no depósito — diz o homem.

Sylvia o encara por cima da revista.

— Elas ficam muito no alto, eu não alcanço.

O vendedor solta um suspiro.

— Então fique de olho nos caramelos, enquanto eu vou buscar.

— Claro que sim. — Sylvia sorri.

Steffi enrubesce. Como se ela fosse roubar caramelos!

O vendedor volta com as ervilhas. Steffi paga e recebe algumas moedas de troco.

— Eu gostaria de ver os marcadores de livro — diz Steffi.

— E você vai comprar algum?

— Vou.

— Não está escrito na lista. Deixaram você comprar?

O que Steffi mais gostaria de fazer naquele momento era pegar a bolsa com as compras e ir embora. Mas não existe outra loja na ilha inteira, e ela tem de comprar alguma coisa para Nelli e tio Evert.

— Eu tenho o meu próprio dinheiro — ela responde com despeito.

— Eu quero ver!

Steffi tira do bolso esquerdo a coroa e os 25 centavos. Curiosa, Sylvia a observa por trás da revista.

— E cadê o troco que você recebeu de mim?

Somente depois de Steffi mostrar o troco de tia Märta no porta-moedas, o dono da mercearia se dá por satisfeito e lhe mostra a caixa de marcadores de livro. Steffi escolhe duas folhas: uma com anjos que se debruçam em nuvens rechonchudas e outra com menininhas carregando cestas de flores. Para tio Evert ela compra um pacote de lâminas de barbear.

Ela recebe uma moeda de dez centavos de troco. Em princípio Steffi pensa em comprar um caramelo, mas decide economizar.

Quando sai da loja está nevando e começa a escurecer. Tia Märta já deve estar impaciente.

A bolsa pesada bate contra suas pernas a cada passo que dá, e a alça fere suas mãos. Ela troca a sacola de lado várias vezes. Por fim, é obrigada a parar para descansar.

— Alô! — grita uma voz masculina. — Steffi!

É tio Evert que caminha atrás dela. Ele deve ter acabado de chegar com o barco.

— É uma bolsa muito grande pra uma menina tão pequena — diz tio Evert —, é melhor eu carregar isso.

Ele segura a sacola como se não pesasse nada.

— Você já viu? — diz ele. — A neve não derreteu. Parece que vamos ter um Natal branco.

Ele estica sua mão grande e quente e segura a de Steffi.

— Você vai ver só — diz ele —, você vai ver, tudo vai dar certo no final.

23

Na véspera de Natal, Steffi estuda detalhadamente a reação de tia Märta, ao abrir o pacote do pegador de panela. Será que ela vai achá-lo feio e desengonçado? Tia Märta, no entanto, agradece amavelmente e pendura-o em um gancho embaixo da estufa do fogão.

Tio Evert a presenteia com um estojo de pintura e pincéis, além de um bloco de papéis de desenho. Tia Märta lhe dá um gorro e luvas de lã com o mesmo motivo, tricotadas por ela mesma. Steffi não entende como a mulher conseguiu fazê-las sem que ela tivesse notado. A lã tem um cheiro adocicado, como naftalina.

Deitada em sua cama, ela escuta as vozes de tio Evert e tia Märta de dentro do quarto.

— Você podia ter comprado alguma outra coisa pra ela — diz tio Evert —, um desses enfeites de que a menina gosta tanto.

— Enfeites — tia Märta ri com desdém —, o que ela precisa é de algo que a mantenha quente.

— Claro, claro — diz tio Evert —, mas nem sempre as necessidades de uma criança são tão simples assim.

— Você quer dizer que eu não sei do que uma criança precisa?

— Não foi isso o que eu disse.

— Então, pronto.

Ambos ficam em silêncio. Instantes mais tarde escuta-se a voz de Tio Evert outra vez.

— É uma boa menina. Eu fico feliz em ter ficado com ela.

Nesse exato momento o vento sopra com força. Steffi não escuta a resposta de tia Märta.

No dia de Natal, eles são convidados à casa de tia Alma e tio Sigurd. Há muita gente. Todos são parentes, e só então Steffi compreende que tia Märta e tia Alma também são primas.

Nelli dá a Steffi uma lata de caramelos de presente. São duros por fora e têm recheio de chocolate. Estão em uma bela lata azul, com decoração dourada.

— Depois você pode guardar outras coisas na lata — explica Nelli.

Nelli não tem o colar de corais que costuma usar, quando se veste para ocasiões especiais. Parece até que há um grande vazio no pescoço gordinho da menina, lugar onde o colar deveria estar.

— O que você ganhou da Sonia? — pergunta Steffi, fingindo desinteresse.

— Um sapo de borracha — diz Nelli. — Ele pula se eu apertar um botão.

— Você deu alguma coisa pra ela?

Nelli assente.

— O quê?

Nelli não responde. Ela desvia o olhar e seus lábios tremem.

— Você lhe deu o colar de corais?

Nelli assente outra vez.

— Sua burra — diz Steffi. — O que você acha que a mamãe vai dizer quando ficar sabendo?

— Mas foi você que me mandou dar!

— Mas não era a sério, é lógico que não!

— E por que você disse pra eu dar, então?

— Era brincadeira — diz Steffi. — Eu não achei que você fosse tão burra a ponto de dar o colar de corais da mamãe!

— Eu vou escrever pra mamãe — diz Nelli —, e contar que você me enganou!

Nelli tem cara de quem vai começar a chorar.

— Bom, agora o mal já está feito — Steffi desconversa rapidamente. — Vamos ver o que John e Elsa estão fazendo.

Depois do Natal faz ainda mais frio. O ar está úmido e gelado, cheio de sal vindo do mar, que açoita as bochechas e fere as narinas. O arquipélago, visto da janela de Steffi, está coberto de neve. As ilhotas parecem até o topo dos Alpes. Como se as montanhas tivessem afundado no mar e apenas se vissem seus pontos mais altos.

Próximo à praia e dentro das enseadas, a água está congelada. O gelo tem uma cor cinza-esverdeada, com linhas brancas. Lá longe, o azul do mar aberto brilha como aço. Steffi caminha ao longo da praia e percebe como o gelo fino se quebra por baixo de seus pés. Às vezes atravessa a camada de gelo e neve até pisar nos tufos de algas marinhas congeladas.

Ela gosta da neve, que transforma a ilha cinza em branca, faz bolas de neve e atira com precisão nas rochas que despontam no mar. Na descida atrás da casa, ela brinca de escorregar até tia Märta lhe dizer que pare de gastar as solas dos sapatos.

Perto da escola há uma pista de trenó de verdade. Nelli ganhou um trenó de Natal e passa os dias inteiros ali com todos os amigos. Se a irmã lhe pedisse, ela lhe emprestaria, com certeza, mas Steffi não tem vontade de pedir. Não teria mesmo com quem brincar.

Tio Evert está novamente no barco. Na manhã da véspera de Ano Novo ele retorna. É um lindo dia de céu azul e ar limpo. Steffi resolve pintar com as novas tintas, sentada à escrivaninha do quarto.

— E você não vai sair num dia lindo como este? — comenta tio Evert — As crianças precisam de ar puro.

— Eu já saí hoje de manhã — responde Steffi.

— Mas está cheio de crianças na pista de trenó. Perto da escola.

Steffi assente sem tirar os olhos do papel. Tio Evert a observa por algum tempo.

Depois do café, tio Evert pede a Steffi que o acompanhe até fora de casa. Ela abotoa o sobretudo e veste o gorro e as luvas que ganhou de presente. Tio Evert segura a porta para ela passar, como se fosse uma dama.

Ao pé da escada há um trenó que já foi vermelho um dia. Apesar de a tinta estar descascada, ele é muito bonito. Foi construído com tábuas de madeira finas e lâminas levemente encurvadas.

— Você gostou? — pergunta ele.

— É para mim?

Tio Evert assente.

— Ele está há anos no depósito. Podemos pintá-lo, mas eu quero que você o teste primeiro.

— De quem era? — Steffi quer perguntar, mas tio Evert já começou a levá-lo para a pequena descida atrás da casa.

Steffi testa o brinquedo por algum tempo. Tio Evert lhe pergunta se quer levá-lo até a pista atrás da escola, mas Steffi prefere pintá-lo antes. Eles o levam até o porão. Tio Evert lhe mostra como deve lixar a madeira para retirar a tinta velha. Quando a superfície está totalmente limpa, ele sai à procura de um pincel pequeno e uma lata de tinta.

A pintura leva tempo. O mais difícil são as pequenas fissuras entre cada tábua de madeira e os cantos. Quando terminam, o trenó está todo vermelho e brilhando de novo.

— Amanhã já vai estar seco — diz tio Evert. — Então vai poder estreá-lo.

Ao entardecer eles constroem uma lanterna de bolas de neve, ao pé da escada. Primeiro fazem bolas de neve bem duras, depois as arrumam em um círculo. No meio do círculo, Steffi coloca um toco de vela que tia Märta lhe dá. Por cima do primeiro círculo, constroem mais um, um pouco menor. Continuam a construir novas camadas de bolas de neve, até restar apenas um pequeno orifício.

Tio Evert vai buscar os fósforos e acende a vela. O fogo torna as bolas de neve incandescentes. Uma suave luz amarelada se espalha pelo chão.

— Que lindo — suspira Steffi.

Tia Märta sai de casa para ver a lanterna.

— Ficou bem bonito — diz ela.

Vindo de tia Märta, o comentário é muito expressivo.

Em homenagem ao dia, eles ceiam na sala de estar, que nunca é usada. Comem carne com batatas, molho e ervilhas. É um verdadeiro banquete, mas eles são apenas três.

Em Viena, eles sempre tinham convidados durante a ceia de ano novo. Sempre a mesma família, com duas crianças na mesma idade de Nelli e Steffi. A mesa era finamente decorada, com toalhas brancas e guardanapos decorados. A porcelana tinha bordas douradas e os talheres eram de prata. A luz de velas fazia com que o vinho, nas taças dos adultos, brilhasse como pedras preciosas encantadas. A criada, de uniforme preto e avental branco, servia a comida das baixelas, enquanto a cozinheira trabalhava duro na cozinha.

Depois da comida, as crianças iam para o quarto se deitar. Elas ficavam horas cochichando, animadas demais para dormir. Às 11h45, mamãe costumava buscá-las. Então iam todos juntos à varanda escutar o repicar dos sinos de todas as igrejas da cidade.

— Posso ficar acordada até a meia-noite? — pergunta Steffi.

— Nem pensar — diz tia Märta.

— Mas por que não? — pergunta tio Evert. — Só acontece uma noite de ano novo por ano, e uma nova década, a cada dez anos.

— Está bem — diz tia Märta —, troque de roupa e se prepare para dormir. Desta vez passa.

Pouco antes das 12 horas em ponto tia Märta liga o rádio. Uma voz grave, de homem, lê um poema.

— "Toque, sino, toque..."

Tio Evert abre a janela. O repicar dos sinos do rádio se misturam com o sino da única igreja da ilha, e com o sinal do relógio de parede de tia Märta.

O ano de 1939 acaba de terminar. Agora estamos em 1940.

— Que seja um ano melhor — murmura Steffi. — Por favor, por favor, que seja um ano melhor. Eu prometo ser uma boa menina.

24

— Pois, é como eu já disse — comenta a caixa do correio com a velha gorda que procura dinheiro em seu porta-moedas — um inverno terrível, este!

Steffi espera por sua vez. Depois da escola, ela costuma passar pelo correio e perguntar se há alguma correspondência. Pode haver chegado alguma carta da mamãe ou do papai.

— Não é mesmo? — diz a velha enquanto pesca uma nota na bolsa. — Nem mesmo minha velha mãe, que já tem mais de 80 anos, consegue se lembrar de um inverno mais frio.

— E o gelo chega até quase a mar aberto — prossegue a caixa.

— Do jeito que está, pode-se ir andando até a baía de Hjuvik.

Steffi passa a prestar atenção. Hjuvik fica ao norte de Gotemburgo, em terra firme. Imagine poder caminhar até lá!

No porto, os barcos estão congelados. Os pescadores são obrigados a abrir picadas e içar as embarcações, através da massa congelada, até mar aberto. Quando tio Evert chega em casa tem as roupas duras como uma armadura.

— Será que é por causa da guerra? — indaga a caixa do correio. — O que acha, sra. Pettersson?

— Quem sabe? — diz a velha enquanto dá de ombros. — São tempos difíceis, esses.

— São tempos difíceis! — concorda a caixa enquanto conta o dinheiro, no guichê.

A sra. Pettersson diz adeus e pega sua encomenda. Finalmente é a vez de Steffi.

— Bom-dia, tem alguma correspondência para os Janssons?

— Bom-dia, queridinha, vou ver se há alguma coisa.

Ela procura nas gavetas e balança a cabeça.

— Nada.

Steffi morde o lábio. Ela não recebe notícias de casa desde o Natal. Nelli também não.

— Espere um pouco — diz a caixa —, talvez esteja no lugar errado. Vou procurar mais uma vez.

Ela procura, mas não encontra nada.

— Logo deve estar chegando, você vai ver só. — Ela tenta confortá-la. — Volte amanhã, quem sabe não há uma carta?

— Obrigada — diz Steffi.

A neve arranha o solado dos sapatos quando Steffi desce as escadas. Os sapatos de inverno do ano passado apertam um pouco, mas ela não tem coragem de pedir sapatos novos a tia Märta.

Sylvia e Barbro saem da mercearia. Sylvia tem um gorro felpudo de pelo de coelho branco. Barbro tem um igual, mas cinza. É um gorro assim que se deve usar no inverno. Não o de Steffi, de tricô com um pompom na ponta.

— O que está olhando? — diz Sylvia.

— Nada.

— Na-Da — arremeda Sylvia. — Pronuncia-se nada. Melhor aprender sueco, se vai morar aqui.

Steffi não responde. Dá alguns passos para passar pelas meninas, mas Sylvia e Barbro lhe fecham o caminho.

— Me deixem passar — diz Steffi.

— Nossa, que pressa, hein? — diz Sylvia. — A gente queria te ensinar um pouco de sueco. Diga: "nada".

— Nada — Steffi se esforça para pronunciar o "d" de forma correta.

— Que acha? — pergunta Sylvia a Barbro. — Parece sueco?

— Não — responde Barbro.

— Então, vai levar dever de casa — diz Sylvia.

Sylvia pega um bocado de neve. Steffi dá um passo atrás, mas Barbro a impede de fugir. Sylvia esfrega a neve no rosto de Steffi.

— Olha, ela tá tristinha. Que chorona!

Steffi tenta secar a neve do rosto. Barbro aproveita para jogar uma bola de neve dentro do casaco. Sylvia tem as mãos cheias de neve e volta a investir contra Steffi.

São duas contra uma e ambas muito maiores do que Steffi. Ela não tem como escapar.

É quando uma bola de neve voa na direção de Sylvia, e a acerta bem no meio da testa. Sylvia perde o equilíbrio e dá dois passos para trás. Barbro solta Steffi e procura quem pode ter atirado a bola.

Svante está em pé na estrada com mais uma bola de neve nas mãos.

— Duas contra uma é covardia! — grita ele.

Sylvia espana, com as mãos, a neve das roupas.

— Ah, deixa pra lá — diz ela a Barbro. — Vamos para dentro.

Steffi limpa o gelo que grudou no cabelo e na roupa. Ela retira a neve de dentro do casaco e seca o rosto com um lenço.

— Obrigada por ter me salvado — diz ela a Svante.

— Você ainda está com raiva de mim? — pergunta ele.

— Não — diz Steffi. — Eu não tenho raiva de você.

Ela não deixa de achar engraçado. Precisar ser salva por Svante!

— Obrigada — diz ela mais uma vez —, agora preciso ir para casa.

No dia seguinte não há nenhuma carta. E nem no outro. No terceiro dia, a caixa do correio abana um envelope, tão logo Steffi põe os pés dentro da agência.

— Agora sim, chegou! — diz ela orgulhosamente. Como se fosse graças a ela.

Steffi sobe correndo as escadas para o quarto e rasga o envelope. Dentro dele há duas cartas, como de costume.

Minha amada Steffi, escreve mamãe. *Finalmente recebi as fotografias que a sra. Lindberg nos enviou. Vocês estão tão fortes e saudáveis, e que lindos são os irmãos de criação de Nelli! A sra. Lindberg parece ser simpática. Que pena que sua mãe de criação não pôde ser fotografada. Eu gostaria muito de saber como ela é.*

Notei que você cortou os cabelos. Eles lhe dão uma aparência mais velha, ou será que mais alguma coisa mudou? Já se pode perceber como você será quando ficar adulta.

"*Notei que você cortou os cabelos.*" Como se não significasse nada. Como se não fosse da conta da mamãe.

Desde que recebera a última carta da mãe, ela havia se preocupado com a fotografia. O que mamãe diria sobre o corte de cabelo? Agora, é até pior que não tenha ficado zangada. Será que já não se preocupa mais com ela?

— Steffi! — grita tia Märta da cozinha. — Venha me ajudar a passar roupa.

Tia Märta esticara um cobertor e um lençol velho em cima da mesa da cozinha. O trabalho de Steffi é estar atenta para que sempre haja um ferro quente à mão. Quando o ferro usado por tia Märta esfria, Steffi deve lhe dar o outro e esquentar o primeiro, no fogão a lenha. Ela também tem de borrifar água de uma garrafa e ajudar a dobrar as peças já passadas.

A quantidade de camisas, blusas, vestidos e aventais enrugados ocupa-a até a hora do jantar. Somente após a comida Steffi tem tempo de ler a carta do pai.

Steffi, minha mocinha! A esperança de nós irmos para a América é cada vez menor. Eu sei que é pedir demais de você, que é apenas uma criança, mas eu gostaria de lhe pedir que tente ajudar mamãe e papai.

Papai lhe pedindo ajuda! Quase como se ela fosse uma adulta. Ansiosa, Steffi prossegue a leitura.

Talvez a Suécia, que está fora da guerra, possa nos receber. Fale com seus pais adotivos e peça-lhes ajuda para entrar em contato com as autoridades do país. Conte a eles sobre as perseguições que sofremos e que precisamos sair daqui. Por enquanto os alemães não nos proíbem de viajar, desde que haja um país que queira nos receber. Faça o melhor que puder, minha querida, e nos escreva contando tudo.

Ela vai mostrar que sabe o que é melhor para eles. O Comitê de Ajuda pode, certamente, trabalhar para que papai e mamãe venham para a Suécia. Ela vai conversar com tia Alma, e pedir que telefone ao Comitê o mais rápido possível.

No dia seguinte Steffi vai à casa de tia Alma depois da escola. Ela finge que deseja visitar Nelli, mas Nelli já está de partida.

— Eu vou brincar com Sonia — diz ela. — A gente vai fazer um boneco de neve no jardim da casa dela.

— Está bem, está bem — diz tia Alma —, venha, Steffi, você pode fazer um lanche, já que veio até aqui.

Ela serve leite e pães doces.

— Você já não vem aqui com frequência — comenta tia Alma. — Mas deve estar muito ocupada com a escola e todos os novos amigos.

Steffi espera até Nelli sair. Ela toma um gole de leite e se prepara.

— Tia Alma — começa ela cuidadosamente —, meu pai me pediu que tentasse ajudá-los a vir para a Suécia. Eles estão passando por momentos muito difíceis lá em casa, em Viena.

Tia Alma tem uma aparência infeliz.

— Minha pobre criança — diz ela —, eu gostaria tanto de ajudar você. Mas em política... Eu não posso me intrometer. Sigurd não ia gostar nem um pouco.

— Política? — Steffi não compreende o que tia Alma quer dizer.

— E vai saber o que está acontecendo lá embaixo. Ninguém é posto na cadeia sem motivo.

Steffi encara o rosto redondo de tia Alma, com os cabelos encaracolados nas têmporas. Ela sempre achou a aparência dela gentil. Agora, tem a impressão de que toda a gentileza e bondade eram apenas uma camada de açúcar, na qual tia Alma estava embebida. Uma camada impossível de se penetrar.

— Obrigada pelo lanche, agora eu tenho que ir.

Tio Evert está a bordo, em alto-mar, e retorna dentro de uma semana. Só lhe resta tia Märta.

— Eu recebi uma carta do meu pai — diz Steffi.

Tia Märta assente sem tirar os olhos da meia que está cerzindo.

— Ah, é?

— Eles não receberam visto para a América. Papai acha que eles não vão conseguir.

— Que seja feita a vontade de Deus — diz tia Märta.

Steffi tem vontade de sacudi-la.

— Eles não podem mais ficar na Áustria — diz ela. — É impossível! Você não entende, tia Märta?

— Não use esse tom comigo, menina! — diz tia Märta.

Como Steffi podia acreditar que receberia alguma ajuda de tia Märta? Ninguém quer ajudá-la. Nunca mais ela vai rever mamãe e papai.

O choro brota tão rapidamente que Steffi não consegue sair da sala. Ela chora ruidosamente e sem controle.

— Eu quero ir pra casa! — grita ela. — Eu quero ir pra minha casa!

— Acalme-se — diz tia Märta —, eu telefono para o Comitê de Ajuda amanhã. Não que eu acredite que possam fazer alguma coisa, mas é a obrigação de todo cristão tentar ajudar quem tem necessidades.

Steffi encara tia Märta com os olhos cheios de lágrimas. Tia Märta tem uma expressão séria e decidida. Ela tem a aparência de alguém que tomou uma decisão importante.

— Vá lavar o rosto — diz a mulher. — E me poupe de mais um desses ataques.

Enquanto lava o rosto em fogo com água gelada, Steffi começa a acreditar que talvez haja uma esperança. Se há alguém que consegue o que quer, esse alguém é tia Märta.

25

— O que eles disseram?

Steffi para na porta da cozinha, ofegante e com o rosto vermelho. Ela correu o caminho inteiro, da escola até em casa.

Tia Märta se vira de frente do fogão.

— O que é isso? Quem lhe disse que pode entrar aqui de sapatos? Saia agora mesmo e tire os sapatos no corredor de entrada!

Steffi obedece. A essa altura já conhece tia Märta o bastante para saber que, se não lhe obedecer, não vai receber resposta alguma.

— Seque o chão! — ordena a mulher quando Steffi volta a entrar na cozinha.

Steffi vai buscar o pano de chão e seca algumas gotas quase invisíveis do assoalho. Depois enxágua o pano e torce-o, antes de pendurá-lo para secar.

— Tia Märta conseguiu telefonar para o Comitê de Ajuda?

— Você deve achar que eu não tenho mais nada para fazer o dia inteiro, além de sentar ao telefone — resmunga tia Märta.

— Bem — Steffi tenta contornar a situação —, eu só pensei que...

— Levou mais de uma hora — diz tia Märta.

— Eu posso descascar as batatas — Steffi se oferece. Agora é importante deixar tia Märta de bom humor, se quiser saber de alguma coisa.

Muito bem — diz tia Märta —, pegue a bacia de ágata.

Steffi enche de água a bacia desbotada, com borda verde. Ela vai buscar batatas no depósito do porão e a faca, para descascar.

Tia Märta faz a limpeza do peixe. As entranhas de cor lilás que retira do animal têm um cheiro horrível. Steffi tampa as narinas e prende a respiração, a fim de evitar o odor.

— Tia Märta conseguiu falar com alguém? — Steffi faz mais uma tentativa.

— Por fim, sim.

— E o que eles disseram?

— Ela disse que não pode fazer nada.

A faca desliza da batata que Steffi segura. O dedo indicador esquerdo começa a arder enquanto brota uma gotícula de sangue.

— Como pode ser tão desastrada? — comenta tia Märta.
— Deixe-me ver o dedo.

Ela segura o dedo de Steffi embaixo da torneira de água fria e lava o sangue. O corte é quase imperceptível, mas arde e lateja.

— Por quê? — pergunta Steffi.

— Por que o quê? Temos que lavar o corte.

— Não, quero dizer, por que não podem fazer nada?

— Porque eles só recebem crianças. Decisão do governo. Refugiados adultos não podem entrar, a não ser por algum motivo especial.

— Mas tem um motivo especial, Nelli e eu estamos aqui.

— E outras quinhentas crianças — diz tia Märta. — Imagine se todos resolvessem trazer os pais para cá?

— Mas papai é médico. Ele poderia ajudar. Trabalhar aqui na ilha, e também nas outras ilhas aqui perto, se alguém o levasse de barco.

Tia Märta enrola um curativo no dedo.

— Foi a notícia que eu recebi. Infelizmente. Nada a fazer. Agora pode continuar com as batatas.

Steffi continua a descascar batatas e lavá-las. Se ela pudesse fazer alguém entender!

Só há uma saída. Ela tem de ir pessoalmente falar com as mulheres do Comitê. Se contar tudo, mostrar as cartas do pai e explicar direitinho como são as coisas, então vão entender e terão de ajudar mamãe e papai.

Ela tem de ir a Gotemburgo. Mas como?

"Pode-se caminhar pelo gelo até Hjuvik." Foi o que a mulher do correio comentou. Hjuvik fica em terra firme. De lá, pode-se tomar um ônibus até Gotemburgo.

No sábado, ela decide. A escola termina mais cedo. Ela vai ter de economizar nos sanduíches, ou tentar fazer alguns extras. Roupas quentes; e levar a pequena bússola que tio Evert lhe emprestou.

26

Steffi calça duas meias em cada pé, e seu pulôver mais quente. Guarda a bússola na mochila e diz a tia Märta que pretende ficar fora de casa e andar de trenó depois da aula.

— Venha para casa a tempo de jantar — diz ela.

— Posso levar mais um sanduíche? — pergunta Steffi. — Se eu ficar com fome na pista.

Ela pode. Steffi guarda as cartas do pai no casaco do sobretudo, junto com a carta de conselhos do Comitê. No remetente há um endereço. É para lá que vai quando chegar a Gotemburgo.

Dentro da sala de aula as meias começam a pinicar. Steffi se contorce como uma minhoca e tenta se coçar na altura das coxas, sem que ninguém perceba.

— O que há com você? Está com pulgas? — reclama Britta.

Depois das férias de Natal, Britta, em um extremo ato de caridade cristã, voltou a falar com Steffi.

— São as meias — murmura Steffi —, são novas.

Britta faz uma expressão de quem compreende. Meias novas de lã que dão coceira são algo familiar para ela.

Depois da escola, Steffi leva o trenó até o porto, mas não se lança no gelo exatamente ali. Alguém pode vê-la e indagar o que está fazendo. Em vez disso, parte para a esquerda, na direção da praia. Ela encontra um lugar onde não está visível, atrás de um cabo.

Só quando esconde o trenó atrás de alguns arbustos, Steffi se lembra de que tem de voltar para a ilha, de alguma maneira. Até agora, seu plano consiste em andar no gelo até terra firme e tomar um ônibus para Gotemburgo. Ela torce para que os dez centavos no bolso do casaco sejam suficientes para o bilhete de ônibus. Quando chegar a Gotemburgo terá de perguntar onde fica o Comitê.

Mas e depois? Terá de voltar o caminho todo pelo gelo, ou a senhora do Comitê pagará a passagem de barco? O melhor seria se pudesse ficar na cidade até mamãe e papai chegarem.

Eles gostariam mais de viver em Gotemburgo do que na ilha. Papai poderia ir buscar Nelli, e alugariam um apartamento na cidade. Não seria problema que fosse pequeno, desde que todos estivessem novamente juntos.

Steffi testa o gelo com o pé. Ele não cede. Ela dá alguns passos cuidadosos. O gelo coberto de neve parece tão firme quanto a terra.

Ela estuda a bússola, como tio Evert lhe ensinou. Ela pretende caminhar reto, no sentido leste. Lá deve estar a terra firme.

O primeiro trecho que caminha está protegido do vento pela ilha, mas quando se afasta, uma golfada de ar gelado vinda do mar lhe alcança.

Que sorte que está com roupas quentes.

Ela se vira para a ilha. Talvez seja a última vez que a veja. É engraçado ver o porto, os ancoradouros e os depósitos daquele ângulo. É estranho poder caminhar onde, normalmente, fica o mar.

Ali o vento varre a neve. Steffi corre um pouco para tomar impulso e patina na superfície de gelo lisa.

Diante dela, há uma ilhota com três casas e algumas cabanas para barcos. Margit, sua colega de turma, mora ali. Ela e o irmão costumam remar diariamente quando vão à escola. Exceto agora que podem caminhar no gelo.

Steffi se apressa em sair do lado habitado da ilhota e contorna um cabo. Protegida do vento, ela se senta numa rocha e abre o pacote de sanduíches. Pode comer um deles agora. O outro, terá de guardar. Tem um longo caminho pela frente, só não está bem certa da distância.

Ela engole a última mordida de pão com mortadela e toma um gole de leite da garrafa. Depois, levanta-se, segura a bússola e segue viagem.

Quando deixa a ilhota para trás, há uma imensidão de gelo à sua frente. Branca e interminável, a massa se estende até onde sua vista não alcança.

O frio do gelo atravessa a sola dos sapatos, penetra os pé e sobe pelas pernas. Deveria ter colocado palha nos sapatos, como fazem nos Alpes, segundo lera num livro. Se bem que nos sapatos apertados dela não teria muito espaço para a palha.

Steffi para um instante para controlar as coordenadas mais uma vez. Enfia a mão na mochila em busca da bússola, mas não a encontra. Retira a merenda e os livros e sacode a mochila de cabeça para baixo. Nada de bússola. Deve tê-la perdido na ilhota.

Ela se vira e avista a ilhota ao longe. Será que deve voltar? Vai levar no mínimo meia hora e, depois, mais meia hora para chegar ao ponto onde está neste momento. Se continuar sempre em frente não vai precisar de bússola. A superfície de gelo parece não ter fim. Steffi sente frio no corpo inteiro, apesar do pulôver e das meias duplas. Ela come o último sanduíche enquanto caminha. O leite congelado parece uma massa branca e disforme, dentro da garrafa.

O pior é que começa a escurecer. A luz se torna azul e a silhueta da menina no gelo, cada vez mais ereta. Parece andar com pernas de pau.

A escuridão chega de repente. Dentro de pouco tempo ela não vai enxergar mais nada. E se houver buracos e rachaduras no gelo?

Steffi tem medo, mas não tem alternativa. Se parar ali vai morrer congelada no meio da noite. A neve faz barulho por baixo dos sapatos e o gelo estala. Lá longe ela vê a luz vermelha de um farol.

Por fim, quando já está totalmente escuro, Steffi percebe o contorno de terra firme. Ela chega a uma praia rochosa. À direita, há um ancoradouro e uma caban...

Steffi levanta os olhos. Bem na sua frente há uma casa branca que conhece bem.

Ela deve ter andado em círculo. Deve ter virado para o mar, quando acreditava ir na direção da terra firme, e percorrido a ilha a uma distância tão grande que não percebeu. Provavelmente, fez uma nova curva e voltou para a ilha pelo lado oeste.

O farol que avistara devia ser o mesmo que costumava ver de cima da ladeira.

A longa caminhada foi em vão. Ela está de volta ao ponto em que tinha começado. Não pôde fazer nada para ajudar mamãe e papai, nada!

A luz da cozinha está acesa. Quando abre a porta da rua, Steffi sente o cheiro de peixe frito.

— Steffi, é você? — grita tia Märta da cozinha.

Tia Märta esquenta o feijão e reclama porque chegou tarde.

— Você pode tentar chegar na hora da próxima vez — diz ela. — Eu não havia dito que deveria estar em casa na hora do jantar?

E em seguida:

— Você esteve na pista de trenó o tempo todo?

Steffi faz que não com a cabeça.

— Não, nós andamos no gelo também.

— Que ideia — diz tia Märta. — Tenha cuidado, você pode cair numa rachadura.

27

Ninguém pode saber da caminhada no gelo que ela fez. É um segredo que Steffi pretende guardar para si mesma. Ela pensa em buscar o trenó depois da escola dominical e diz a tia Märta que o deixou na casa de Britta.

Quando tio Evert está de volta, Steffi lhe conta sobre a carta do pai e a resposta do Comitê. Para sua surpresa, tia Märta diz:

— Isso não é justo. Tem de haver alguma maneira.

Tio Evert reflete por alguns instantes e depois diz:

— Eu poderia escrever ao nosso parlamentar. Talvez ele possa fazer alguma coisa.

— Parlamentar? O que é isso? — pergunta Steffi.

— O Parlamento — explica tio Evert — é onde nossos políticos decidem. Nosso parlamentar vem da ilha. Com ele podemos conversar como gente comum.

Tio Evert pergunta a Steffi sobre seus pais e escreve uma carta. No envelope se lê "Parlamento Sueco". Steffi o acompanha até o correio, quando vão enviar a carta a Estocolmo. A caixa fica impressionada.

— Ah, agora o senhor trata de assuntos políticos? — pergunta ela.

— Isso mesmo — responde tio Evert.

Lá fora Steffi e tio Evert riem da expressão curiosa da mulher.

— Ela daria tudo para saber o que tem naquela carta — comenta tio Evert.

Steffi espera por uma carta vinda de Estocolmo com a mesma ansiedade com que espera as de mamãe e papai. Ela imagina um envelope comprido com bordas douradas e o brasão sueco, em azul e amarelo. Dentro, pode haver uma carta em que digam que mamãe e papai são muito bem-vindos na Suécia.

As semanas passam e nenhuma carta chega. O frio continua. As crianças já não tiram as roupas de inverno dentro da sala de aula. Num sábado no princípio de março, a professora avisa que a escola tem de fechar por algumas semanas. O consumo de carvão é grande demais para aquecer o prédio.

— Temos que economizar combustível — explica a professora —, agora que há uma guerra. Vamos ter "férias de carvão" até a Páscoa. Depois disso deve esquentar.

As crianças recebem trabalhos de casa para o período em que a escola estará fechada. Contas e exercícios de ortografia. Steffi sente falta da escola. Os dias parecem não acabar. Ela vive à espera: de uma carta de Estocolmo, da volta às aulas, da primavera.

A Páscoa nesse ano chega bem cedo. O mar ainda está congelado e coberto de neve. No início da Semana Santa, as crianças e os jovens começam a juntar ramos secos no ponto mais alto da ilha. Lá farão a fogueira da Páscoa.

— A fogueira tem que ser vista bem de longe — diz Nelli enquanto ela e Steffi carregam gravetos —, assim as outras ilhas poderão ver que temos a maior fogueira.

A fogueira é acesa na véspera da Páscoa, ao cair da noite. De dia Steffi faz seu passeio costumeiro ao correio. No meio do caminho avista alguns seres curiosos. Parecem velhinhas, mas não usam roupas pretas como as senhoras idosas da ilha. Usam saias coloridas, avental e xale.

Quando se aproxima, percebe que são duas crianças. As saias compridas se enredam entre as pernas. Uma delas leva na mão um caldeirão de estanho. As bochechas estão pintadas de vermelho e o nariz tem pintas pretas desenhadas.

Só quando se aproxima ainda mais reconhece as meninas. São Nelli e Sonia! O que será que aprontaram dessa vez?

— Um dinheirinho para as bruxinhas da Páscoa — diz Sonia enquanto estende o caldeirão.

Steffi fica enfurecida. A irmã dela nas ruas, pedindo esmolas e vestida com farrapos. Imagine se papai e mamãe vissem isso! Ela puxa o xale florido de Nelli e grita:

— Você tá ficando louca? Quer nos fazer de palhaças pra toda ilha?

— Me larga! — grita Nelli enquanto puxa de volta o xale. — Cuidado, é o xale da tia Alma!

— Tire já essas roupas! — grita Steffi. — Vá pra casa se lavar! Você parece uma mendiga. O que as pessoas vão pensar?

— Você é que parece maluca! — grita Nelli. — Você não sabe de nada. Nós somos bruxinhas da Páscoa, mas isso você não conhece, não é mesmo? Você quer que tudo seja igualzinho como lá em casa.

— Sonia! Nelli! — chamam algumas crianças. Três menininhas correm na direção das amigas. Elas usam o mesmo tipo de roupas que Nelli e Sonia.

— Ganharam alguma coisa?

Sonia mostra o caldeirão para as amigas e o sacode, desencadeando um barulho de moedas.

Steffi repara nos rostinhos pintados com bolotas vermelhas e pintas pretas. Bruxinhas da Páscoa?

— Me dá o xale — diz Nelli. — Aqui todo mundo se fantasia na Páscoa. Pode perguntar pra qualquer pessoa.

Steffi lhe entrega o xale e vai embora. Quando chega ao correio já está fechado.

À noite, ela acompanha tio Evert e tia Märta à fogueira. Ainda não está totalmente escuro. O céu tem um tom azul-cobalto.

Toda a gente da ilha se reúne em volta da fogueira; jovens e velhos, meninos e meninas, homens e mulheres. Nelli também está lá com suas amiguinhas. Elas ainda estão fantasiadas.

Per-Erik e outros rapazes são responsáveis pela fogueira. Ele tem uma lata de querosene para ajudar a acender o fogo.

— Quando vão acender? — pergunta Steffi.

— Daqui a pouco — responde tio Evert —, mas não somos os primeiros. Temos que esperar um pouco.

Bem longe dali, ao norte, uma labareda brilha. Um pouco mais perto, mais uma, e na ilha vizinha, uma terceira. Per-Erik derrama o querosene no monte de gravetos secos e acende. Escutam-se alguns estalos vindo dos gravetos.

— Agora sim — comenta tio Evert, satisfeito. — Os meninos fizeram um bom trabalho.

A reação em cadeia continua de ilha para ilha, mais e mais ao sul. Como uma corrente flamejante, as fogueiras ardem no ponto mais alto de cada ilha.

O calor é tanto que Steffi é obrigada a dar um passo para trás. A sensação é de que o sol de verão ilumina seu rosto e a parte da frente do seu corpo, mas nas costas ainda é inverno.

Tio Evert pousa um dos braços em seus ombros.

— Está com frio?

Steffi faz que não com a cabeça. A fogueira solta um estrondo. As labaredas sobem quase até o céu, que agora já está quase negro.

Em todas as ilhas, Steffi imagina, há pessoas reunidas em volta de uma fogueira para se aquecer. Em cada ilha, há um adulto que pergunta se uma criança sente frio. Em cada uma das ilhas é possível avistar as fogueiras das outras ilhas.

A ideia deixa ela feliz.

28

— Quem de vocês vai continuar no Liceu, no outono?

A professora está em pé na sua mesa. É o primeiro dia de aula depois da Páscoa. As crianças ainda estão agitadas, como se tivessem se desacostumado a ficar quietas depois das longas férias.

Sylvia e Ingrid, a representante de classe, levantam o braço. Três meninos fazem o mesmo.

— Ninguém mais?

Steffi levanta o braço.

— Stephanie? — diz a professora.

— Sim — responde Steffi. — Eu também quero continuar a estudar no Liceu.

A professora assente.

— Muito bem — diz a professora. — Seis alunos, são muitos este ano. Eu pensei em dar aulas extras a vocês, durante o resto do tempo que temos neste semestre. Vocês ficam na escola uma hora a mais. Vou escrever o nome de dois livros que devem trazer já para a semana que vem.

A professora escreve dois títulos no quadro. Steffi escreve com cuidado em seu caderno. É um livro de matemática e outro chamado *As sagas do tenente Stål*.

Depois da escola, a professora pede para conversar com Steffi.

— Você é uma menina inteligente — diz ela. — Fico feliz que possa continuar a estudar. O alemão do Liceu também vai ser fácil para você.

— É verdade — responde Steffi, enquanto se pergunta o que a professora quis dizer com aquilo.

— Quanto aos livros que vamos usar agora na primavera, não precisa se preocupar, tenho alguns exemplares em casa que posso lhe emprestar. Eu vou trazê-los amanhã, assim você pode encapá-los em casa.

Quando Steffi sai da escola, o pátio já está vazio. Pequenos córregos de água, formados por entre o cascalho, começam a escorrer dos montes de neve suja, reunidos nos cantos mais sombrios do pátio.

Todos em sua turma voltaram a andar de bicicleta, agora que a neve finalmente começa a se derreter. Depois da escola, todos correm em bandos até o estacionamento, pegam suas bicicletas e saem pedalando.

Agora só se vê uma única bicicleta no estacionamento. Vera está agachada ao lado dela, tentando encher o pneu traseiro com uma bomba.

Steffi se aproxima com cuidado. Esse é o momento que ela havia esperado por tanto tempo, uma oportunidade de falar com Vera a sós.

O mais simples seria perguntar: Você vai para casa? Quer me fazer companhia? Mas às vezes as perguntas mais simples são as mais difíceis de se fazer. Em vez disso, Steffi puxa conversa com um assunto totalmente diferente. Assim pode acompanhar Vera enquanto ela leva a bicicleta através do portão. Como se fosse a coisa mais natural do mundo, as duas se fazerem companhia a caminho de casa.

Ela se aproxima da bicicleta.

— Você não vai continuar no Liceu? — pergunta ela.

Vera olha para cima.

— Não — responde a menina. — Minha mãe não tem dinheiro para isso. Aliás, eu não sou boa aluna o bastante.

— Eu acho que se você quisesse poderia ser — diz Steffi. — Você que é tão boa pra imitar as pessoas, poderia virar atriz.

— Não importa — diz Vera. — Eu vou me casar com alguém bem rico; um dos turistas de verão. Vou me mudar pra cidade e ter até empregada.

Vera se levanta e olha para fora. Só então Steffi percebe que Sylvia e Barbro estão lá fora, com suas bicicletas. Elas esperam por alguém e esse alguém é Vera.

— Pra você é diferente — diz Vera. — Você sim, combina com o Liceu.

— Vera, vem logo! — grita Sylvia. — Senão a gente vai embora!

— Você não tem bicicleta, né? — pergunta Vera.

— Não.

Melhor pensarem que ela não tem bicicleta do que descobrirem que não sabe andar numa.

— Que pena — diz Vera —, senão você poderia vir comigo. Tchau.

Ela sobe na bicicleta e sai em disparada atrás de Sylvia e Barbro. Steffi a vê desaparecer no caminho.

Naquele dia Steffi não conta nada a tia Märta sobre o Liceu. No dia seguinte, recebe os livros da professora. O livro de matemática é muito mais difícil do que o antigo. Tem equações com x e y no lugar de números.

Steffi leva-os para casa e pede a tia Märta papel para encapá-los.

— Livros novos a essa altura do semestre? — pergunta a mulher. — Onde foi que conseguiu esses livros?

— Peguei emprestado da professora — responde Steffi. — Nós vamos ter aulas extras para quem vai estudar no Liceu.

— Mas disso você pode esquecer — diz tia Märta. — Não vai para Liceu nenhum.

Steffi a encara.

— Mas eu vou ser médica! — diz ela. — Eu tenho que estudar no Liceu!

Tia Märta solta uma gargalhada seca, que mais parece uma tosse.

— Já é hora de você deixar de lado essa pose de rainha — diz ela. — Onde você acha que veio parar? Pensa que nós somos ricos? Fique sabendo que não temos dinheiro para mantê-la num pensionato na cidade. E, além disso, pra que tudo isso serviria? Não sabemos nem quanto tempo vai ficar por aqui!

— Mas o que eu vou fazer quando a escola terminar?

— Ajudar com as tarefas domésticas — diz tia Märta. — E no outono pode ir à escola de culinária, como todas as outras meninas.

— Eu não quero ir à escola de culinária! — protesta Steffi. — Eu quero ir ao Liceu!

— Querer não é poder! — diz tia Märta. — Vá para o seu quarto e fique lá até entender isso!

No dia seguinte Steffi leva os livros desencapados de volta para a escola. Ela pede para conversar com a professora na hora do recreio.

— Eu não posso ir para o Liceu — conta ela.

A professora parece preocupada.

— Você não havia pedido?

— Não.

— Sabe de uma coisa? — diz a professora. — Eu vou conversar com o casal Jansson.

— Obrigada — diz Steffi. — Professora?

— Sim?

— Espere até a sexta-feira, quando tio Evert estiver em casa.

— É mais fácil de convencê-lo?

Steffi faz que sim com a cabeça.

— Eu acho que sim. Ah, professora? Não diga nada à turma sobre eu não poder ir para o Liceu.

A professora entende.

— Prometo que não digo nada.

A caminho de casa Steffi passa pelo correio, como sempre. Apenas um envelope marrom, datilografado, endereçado ao tio Evert. Tia Märta o deixa em cima do móvel da sala até que ele volte para casa.

29

Como sempre o jantar da sexta-feira é peixe: cavala frita.

— A professora de Steffi vem até aqui hoje — diz tia Märta enquanto pousa os talheres no prato vazio. — Ela quer conversar conosco.

— O que foi que você aprontou? — pergunta tio Evert em tom de galhofa.

— Nada, não — diz Steffi. Ela não quer falar sobre o Liceu com tio Evert quando tia Märta está por perto.

— Vejamos o que vai ser — diz tia Märta.

Depois do jantar, Steffi é obrigada a tirar o pó dos móveis da sala, apesar de já ter feito isso dois dias antes.

— Tudo tem de estar perfeito quando a professora vem visitar — diz tia Märta.

Tio Evert entra na sala.

— Tio Evert — Steffi começa a falar.

— Sim?

Ele avista o envelope marrom em cima do móvel, pega o canivete de bolso e abre a carta.

— Ah, o motivo de a professora vir aqui... não é por eu ter feito alguma coisa errada.

— Não deve ser nada grave — diz tio Evert distraído, enquanto retira um papel datilografado de dentro do envelope.

— Não é bem isso que eu quero dizer — explica Steffi. — É que... eu gostaria tanto de...

Steffi se cala quando percebe que tio Evert não a escuta. Quanto mais ele lê a carta, mais profunda se torna a ruga de preocupação em sua testa.

Steffi levanta um vaso de flores para limpar a janela.

— Steffi — diz tio Evert. — Eu tenho uma coisa para lhe contar.

— O que é?

— Esta carta — diz tio Evert. — Você se lembra da carta para o nosso parlamentar?

Como se pudesse esquecer!

— Aqui está a resposta dele — diz tio Evert.

— O que ele diz?

Tio Evert solta um suspiro.

— Ele diz que não pode fazer nada pelos seus pais.

O vaso de flores escorrega das mãos de Steffi e se quebra no chão.

— Eles podem tentar conseguir um visto na embaixada da Suécia em Viena, mas dificilmente conseguirão. Está escrito aqui que, segundo o que investigou, é quase impossível para refugiados judeus entrarem na Suécia.

Tia Märta entra na sala abruptamente.

— O que foi que quebrou?

Ela avista os cacos de cerâmica misturados com terra e os restos de flores espalhados pelo chão.

— Mas será possível, menina, como pode ser tão desastrada! Minhas begônias tão lindas! E logo agora!

— Deixe-a em paz — diz tio Evert. — Não vê que ela está triste?

Ele lhe entrega a carta. Tia Märta a lê e diz num tom mais amigável:

— Limpe isso antes que a professora chegue.

Steffi começa a limpar.

Quando termina, ela pede a carta a tio Evert. Steffi sobe para o quarto e começa a tentar decifrar as frases complicadas: "*certas restrições com respeito à emissão de permissões de entrada no país...*"

No andar de baixo a porta se abre e ela escuta a voz de tia Märta:

— Bem-vinda, srta. Bergström. Entre, por favor!

— Obrigada — responde a voz da professora. — Stephanie está em casa?

— Sim — diz tia Märta —, mas...

— Eu só pensei em dizer alô — diz a professora.

— Steffi! — grita tia Märta.

Steffi deixa a carta de lado e desce as escadas.

— Boa-noite, Stephanie — diz a professora.

O cumprimento soa bastante formal aos ouvidos da menina. A professora é a única na ilha que a chama de Stephanie.

— Boa-noite.

— Você vive bem aqui, não é mesmo? Tem até um quarto só para você!

— É, lá em cima.

— Imagine só — diz a professora —, já deve fazer uns 15 anos que estive aqui. Quando Anna-Lisa...

— Mas, entre, por favor! — interrompe tia Märta. — Sente-se.

Ela leva a professora à sala de estar. As xícaras, a leiteira e o açucareiro já estão servidos à mesa. É o serviço de porcelana fina, com bordas douradas e pequenas flores, o mesmo que não é usado diariamente. Em cima de uma travessa alta com pés, descansa um bolo recém-assado.

— Vá buscar o café, Steffi — diz tia Märta enquanto a professora cumprimenta tio Evert.

Steffi enche de café o bule de porcelana, que tia Märta deixou na cozinha. Ela leva cuidadosamente o bule pesado e o deixa em cima da mesa da sala. Tia Märta serve o café.

— Você pode levar um pedaço do bolo para cima — ela diz a Steffi.

Quer dizer que ela não pode participar! Steffi olha para a professora, que permanece calada enquanto mexe o café com a colher.

Ela põe um pedaço de bolo num prato e sai da sala.

— Feche a porta, por favor.

Steffi permanece parada no corredor por alguns minutos. Ela escuta os murmúrios de vozes por trás da porta fechada, mas não consegue decifrar o que dizem. É melhor subir.

Ela se senta na cama e começa a desfazer o pedaço de bolo. Por fim só restam farelos. Alguns acabam em cima da cama, mas Steffi nem liga.

Meia hora depois ela escuta a porta da sala se abrir.

— Tem certeza de que a srta. Bergström não quer que a acompanhe até em casa? — É a voz do tio Evert.

— Não é preciso — responde a professora —, mas prometa-me que vai pensar no assunto.

— Nós vamos pensar, mas eu acho que vai ser como já dissemos antes — diz tia Märta.

— Obrigada pelo café e o bolo delicioso — diz a professora.

— Não há de quê. Obrigada pela visita.

Eles já estão no corredor.

— Até logo, Stephanie! — grita a professora

Steffi vai até a escada.

— Até logo.

— Até segunda-feira, na escola.

A porta da rua se abre e se fecha e a professora vai embora.

30

— Às vezes as coisas não são como esperávamos que fosse — comenta tio Evert. — Temos que aceitar a vida como ela é, e fazer o melhor da situação.

Steffi arranha a toalha de mesa de plástico com a unha sem dizer nada. Não há mais nada a dizer. Eles já decidiram. No outono ela não vai estudar no Liceu.

— Agora chega de ficar emburrada — diz tia Märta. — Você não tem motivo nenhum para ficar insatisfeita. Nós tomamos conta de você e a tratamos como se fosse uma de nós. Você deveria ser grata.

— Eu sou grata. — A voz de Steffi desaparece.

— Coragem — diz tio Evert. — Se ficar por aqui muito tempo, vai ver que vamos tratar de dar a você uma profissão decente.

— Posso sair da mesa?

— Pode, sim — diz tia Märta.

— Obrigada pela comida.

Steffi veste o sobretudo e caminha até a praia. Em apenas alguns dias, o sol de primavera fez o gelo e a neve se derreterem. Algumas gotas caem do telhado do depósito, enquanto uma gaivota grita por cima de sua cabeça — cá, cá, cá, cá — como se caçoasse dela.

Steffi se senta no bote emborcado na areia e contempla o mar. Alguns blocos de gelo ainda flutuam pela baía. A água azul-clara brilha. Lá longe, do outro lado do mundo, fica a América. Será que algum dia ela vai chegar lá?

Pela segunda vez Steffi carrega de volta os livros da professora. Ela aceita apenas o livro de matemática.

— Você pode ficar com esse mais um pouco. Leia o livro primeiro, depois pode me devolver.

Steffi lê alguns dos poemas no livro. É a história de uma guerra passada há muito tempo. Não é exatamente o tipo de poemas de que ela mais gosta.

Todos os dias, na hora da saída, Steffi vê Sylvia, Ingrid e os três meninos, prontos para as aulas extras com a professora, e sente como se tivesse uma faca no coração. Se fosse um dos felizardos, não haveria nada que a detivesse de ir à escola. Mas, agora, fica quase feliz quando um resfriado de primavera lhe dá motivo para ficar em casa por alguns dias.

Como está doente, tia Märta a deixa dormir até tarde. Numa manhã tia Märta já saiu para as compras quando Steffi se levanta. Sem sapatos e de camisolão, Steffi desce as escadas.

O sol da manhã atira alguns raios através das janelas da sala. Steffi aumenta o volume do rádio, a fim de escutar música da cozinha. Ela corta algumas fatias de pão e vai buscar a tigela de manteiga e a leiteira na despensa.

A música é interrompida no meio. Ouve-se um chiado e logo depois, uma voz grave:

— Notícias extraordinárias da agência TT. A Alemanha acaba de iniciar ações militares contra a Noruega e a Dinamarca. A rádio de Oslo anunciou, hoje pela manhã, que tropas alemãs atracaram nos portos da Noruega às três horas desta madrugada. Neste exato momento as forças alemãs encontram-se no fiorde de Oslo...

Steffi fica paralisada no meio da cozinha com a leiteira numa das mãos e o sanduíche na outra.

Oslo não fica muito longe dali. Se os alemães estão em guerra com a Dinamarca e a Noruega, a Suécia pode muito bem ser a próxima da lista em qualquer momento.

Quando tia Märta volta para casa, Steffi está encolhida em uma cadeira, com as pernas embaixo do camisolão. O café da manhã permanece intacto na mesa da cozinha. O noticiário já terminou, mas o aparelho permanece ligado. Em casos normais, tia Märta teria brigado com Steffi por ter escutado música, mas hoje ela diz apenas:

— Você já escutou as notícias?

— Sim.

— Fiquei sabendo no correio — diz tia Märta. — Isso é assombroso. Terrível.

O rádio permanece ligado o dia todo. Steffi fica sentada na sala enrolada em um cobertor. A cada transmissão, mais cidades norueguesas caem em domínio alemão.

— Atenção, devido ao risco de minas aquáticas a frota pesqueira sueca deve evitar a pesca na região de Skagerrak e até mesmo Kattegatt — anuncia a voz chiada da rádio, no meio da tarde.

O *Diana* está pescando em alto-mar, na região de Skagerrak. Tio Evert e os outros pescadores voltam para casa somente depois de amanhã.

— Tio Evert... — diz Steffi.

— Não se preocupe — diz tia Märta secamente enquanto cerra o punho até os dedos ficarem brancos.

Justamente quando o locutor começa a relatar sobre os combates que acontecem fora das águas norueguesas, entre navios ingleses e alemães, toca o telefone.

— ...uma forte tempestade, o mar parece protestar... — diz o locutor.

As duas se entreolham. Steffi sabe que tia Märta está pensando na mesma coisa que ela: alguma coisa aconteceu com tio Evert! Tia Märta se levanta e atende o telefone.

— Alô!

Ela continua calada por alguns instantes e depois entrega o fone para Steffi.

— É para você.

Steffi solta um suspiro, aliviada.

— Alô? — diz ela no fone preto de resina de baquelita.

Primeiro escuta somente soluços, depois a voz de Nelli:

— Steffi?

— Sim?

— Eu tô com muito medo. Você acha que eles vêm pra cá?

— Não sei, eu também estou com medo.

— Posso ir até aí?

— Espere, tenho que pedir permissão.

Tia Märta não tem nada contra.

Tia Alma e as crianças acompanham Nelli. Tia Alma também parece preocupada. Ela e tia Märta conversam em voz baixa.

— ...estão em algum porto...

— ...talvez na rádio...

Às cinco horas, o noticiário anuncia que os alemães tomaram conta dos correios e do distrito policial da cidade de Oslo, além de aviões alemães haverem pousado ao sul da Noruega. É quando tia Märta desliga o aparelho e diz:

— Vou fazer o jantar. Temos de comer, de qualquer maneira. Se quiserem podem passar a noite aqui.

Elas fazem a cama para tia Alma e as crianças no quarto de hóspedes. Nelli se deita em um colchão no quarto de Steffi. É a primeira vez em quase oito meses que elas dormem no mesmo quarto.

— Steffi? — murmura Nelli quando apagam a luz.

— Hummm?

— Posso dormir na sua cama?

— Eu estou resfriada. Vou acabar contagiando você.

— Não faz mal.

Nelli sobe na cama de Steffi. Seus pés gelados encostam-se às pernas de Steffi. Steffi a abraça.

— Se eles chegarem aqui, o que a gente faz? — pergunta Nelli.

— Então vamos para outro lugar — diz Steffi.

— Para onde?

— Para... Portugal.

— Portugal — repete Nelli. — Lá faz calor, não é? Lá tem neve?

— Não — diz Steffi. — Só praias com areia fina e palmeiras.

— Você disse que aqui era assim também. — Nelli lhe refresca a memória.

— Eu sei, mas me enganei.

— Será que mamãe e papai também podem ir para lá?

— Eu não sei — responde Steffi. — Tente dormir, agora.

Nelli se vira na cama. Steffi pensa que já adormeceu quando escuta a voz da irmã mais uma vez:

— Steffi? Imagine se a guerra durar tanto tempo que, quando terminar, papai e mamãe nem nos conheçam mais?

— Eles vão nos reconhecer — diz Steffi. — Mesmo que a guerra dure por muitos anos. Tenho certeza.

Elas adormecem abraçadas, exatamente como faziam quando eram pequenas, no quarto das crianças em Viena.

Tio Evert está de volta já na noite do dia seguinte. Ele está pálido e cansado. Um barco pesqueiro da ilha vizinha foi destruído por uma mina marítima.

— Seis homens foram mortos — conta tio Evert. — Poderia ter sido o nosso barco. Nós só estávamos a uns cem metros de distância.

Sua mão treme quando descasca as batatas. Só um pouquinho, mas Steffi percebe e compreende que tio Evert também tem medo.

— E a pesca? — indaga tia Märta.

Tio Evert balança a cabeça.

— Não podemos parar de pescar. Só nos resta esperar pela providência divina e que a guerra termine logo.

Steffi tenta falar, mas há algo que não deixa as palavras chegarem até a boca. Ela engole com força e finalmente consegue fazer uma pergunta.

— Vocês têm que pescar em mar aberto? Não podem pescar mais perto da terra firme?

Steffi escuta a própria voz e percebe que está embargada.

Tio Evert sorri, mas somente com os lábios. O sorriso não chega até os olhos.

— Os grandes cardumes estão em mar aberto. Lá o mar é rico.

— E perigoso — completa tia Märta. — É uma pena e um pecado que o homem ponha ainda mais em risco a vida de outro homem.

Ela encara tio Evert quando fala, e seus olhos claros têm uma expressão que Steffi nunca havia visto antes. Às vezes, mamãe costumava olhar papai daquela maneira, na época em que ele voltara do campo de concentração. Eles conversavam de noite, quando pensavam que as meninas dormiam. Steffi fingia que dormia e os observava de olhos semicerrados, enquanto falavam em voz baixa, sem lhe dar chance de escutar o que diziam. Apenas uma ou duas palavras.

— Quando passamos por Marstrand vimos navios de guerra abrindo fogo contra o inimigo, perto do Farol Paternoster — conta tio Evert. — Era um espetáculo horrível de se ver e ouvir.

Marstrand fica a apenas alguns quilômetros dali. Agora a guerra se aproxima.

A rádio informa que todas as casas devem ficar às escuras. É importante que os alemães não consigam ver onde há casas e gente, caso ataquem à noite. Tia Märta costura cortinas pretas para pendurar nas janelas. Ao anoitecer, quando as luzes da casa estão acesas, as cortinas devem estar fechadas. É sorte que seja primavera e as noites sejam claras.

Na escola, as crianças são informadas de que talvez sejam transportadas para terra firme. Todos devem ter uma bolsa pronta em casa, caso recebam a ordem de evacuar a ilha. A maioria acha emocionante, mas Steffi tem medo. Tomara que não precise, mais uma vez, mudar de lugar. Mais uma viagem a um lugar desconhecido com gente desconhecida, não!

Steffi arruma duas peças de roupa na bolsa. Também coloca as joias e as fotografias. Quem sabe se será obrigada a ir embora dali e nunca mais voltar?

O que mais a preocupa é que mamãe e papai não saibam onde ela está. Ninguém pode saber nem um endereço com antecedência. E se ela e Nelli se separarem?

Porém, depois de algumas semanas recebem a notícia de que não precisam sair da ilha. Já podem esvaziar as bolsas novamente.

Agora o açúcar está racionado, assim como o café, desde a Páscoa. Ninguém pode comprar a quantidade que desejar, somente o que está escrito nos cupons de racionamento cinza, que tia Märta vai buscar no correio. Tia Märta vigia de perto, como uma policial, para que Steffi não use açúcar demais no mingau de aveia.

Os cabelos de Steffi já cresceram até os ombros e ela faz duas tranças curtas. Vão crescer ainda mais até a viagem para a América.

Os ventos vindos do mar ficam mais quentes. Tio Evert resolve pôr o barco a remo no mar e levar Steffi para um passeio.

— Venha, sente-se aqui que vou ensiná-la a remar — diz ele. — Quem mora perto do mar tem que aprender a remar.

Steffi se senta em frente de tio Evert, na tábua do meio — o "assento", segundo o tio Evert. Ele fica de joelhos, atrás dela, e a ajuda a equilibrar os remos pesados.

A princípio os dois palitos, presos nos apoios que os mantêm no lugar, balançam freneticamente para qualquer lado. Em seguida Steffi encontra o ritmo, mas leva algum tempo até conseguir mover ambos os remos simultaneamente. Às vezes usa força demais no remo da direita, fazendo o barco virar para a esquerda.

— Por que se rema de costas? — pergunta ela. — Assim não vemos para onde estamos indo.

— Tente e vamos ver o que acontece.

Steffi vira para o outro lado e tenta manter o ritmo das remadas: primeiro para a frente e depois para trás. É impossível.

O vento está quase parado. Uma névoa cinza faz com que o céu e o mar se misturem lá longe, no oeste. A superfície está imóvel, sem qualquer ondulação. O mar apenas joga de um lado para outro, como o azul da seda do vestido de gala mais bonito da mamãe. "*Moiré* azul-cobalto", era assim que mamãe chamava a fazenda do vestido. Steffi costumava experimentar a palavra *moiré* na boca; tão suave como a própria fazenda.

— Se uma pessoa continuar a remar para o oeste, se remar sem parar, ela chega na América? — pergunta Steffi.

Tio Evert começa a rir.

— Sim, se mantiver a mesma rota para o oeste, até passar pelo norte de Skagen, na Dinamarca, e o sul da Noruega, você chega à Escócia. Depois, só falta o oceano Atlântico. Vai ter que levar bastante comida, se pensa em tentar. E torça para ter calmaria, como hoje.

Os remos arranham as mãos de Steffi, especialmente na parte macia, entre o indicador e o polegar. No entanto ela não pensa em reclamar.

Tio Evert arranja um carretel de madeira e enrola uma linha comprida na popa do barco.

— Guarde os remos e venha até aqui segurar — diz ele.

Steffi recolhe os remos. Algumas gotas de água gelada lhe molham os pés. Ela passa por cima do assento, com cuidado. O barco parece balançar demais e Steffi tem medo de que ele vire quando mudar de lugar.

— Não tenha medo — encoraja tio Evert —, este barco não dá volta na primeira tentativa. Especialmente com alguém do seu peso.

Steffi segura a linha, enquanto tio Evert rema com braçadas vigorosas.

— Agora vamos ver se conseguimos pegar uma cavala — ele diz. — Avise se sentir um puxão.

Steffi acha que sentiu o puxão o tempo todo.

— Agora! — diz ela. — Senti o puxão!

Tio Evert experimenta com as mãos e faz que não com a cabeça.

— É só o peso de chumbo. Quando o peixe morde a isca a sensação é outra.

— Como assim?

— Você vai perceber. Tem vida, não é só um peso morto.

Steffi estuda as palmas das mãos. Elas estão vermelhas e doloridas. Ela já havia quase se esquecido da linha quando, de repente, sente um puxão entre os dedos.

— Agora! — ela grita. — Agora sim!

Tio Evert recolhe os remos, aproxima-se de Steffi e puxa a linha. Em um dos ganchos um peixe brilhante se debate.

Embora tenha visto tia Märta limpar cavalas várias vezes desde que chegou à ilha, Steffi nunca havia notado como são bonitas. A pele lisa que cintila entre o preto, o verde e o prateado. Ela experimenta uma sensação estranha de euforia que faz o coração bater mais forte.

— É um belo peixe — comenta tio Evert. — Deve pesar no mínimo meio quilo. Pode segurá-lo.

A princípio ela hesita, pois nunca tocou num peixe vivo.

Steffi o segura com ambas as mãos. Não é nojento como imaginava. É gelado, mas não é gosmento. Tio Evert ajuda a retirá-lo do gancho.

Ele tira o canivete e faz um corte em uma das guelras do animal. Steffi vira o rosto.

— Isso aqui você também vai ter que aprender a fazer — diz tio Evert.

— Hum — diz Steffi —, nem morta!

Tio Evert dá um meio-sorriso.

— Você nunca deve dizer nunca.

Eles pescam três cavalas, que tia Märta limpa e frita para o jantar. A verdade é que são bem gostosas.

32

Numa noite clara de primavera, quando tia Märta se senta para escutar o programa religioso, Steffi enfia o rosto na sala.

— Eu já lavei a louça e fiz meu dever de casa. Posso sair um pouco?

— Está bem — responde tia Märta —, mas volte para casa antes de escurecer.

Steffi veste um pulôver e amarra os tênis. Finalmente, está tão quente lá fora que não precisa mais dos sapatos de inverno apertados, já pode calçar um par de tênis.

Ela vai até as escadas e sente o ar fresco e puro no rosto.

No canto da casa vê a bicicleta de tia Märta. É um modelo grande de cor preta, com pneus grossos e aros resistentes.

Se ela conseguiu remar o barco de volta à terra firme, não deve ser impossível encarar a bicicleta de tia Märta.

Steffi segura o guidom e leva a bicicleta até a pequena estrada. A subida íngreme a faz transpirar e perder o fôlego. Ela para no alto da ladeira. Diante dela há uma descida comprida e quase reta. Deve ser o lugar ideal.

Steffi põe o pé direito no pedal e respira fundo. Depois, levanta o pé esquerdo ao mesmo tempo que experimenta a primeira pedalada. A bicicleta começa a se mover. Ela tenta se sentar, mas o banco está alto demais. Em pé nos pedais, ela anda em zigue-zague cada vez mais rápido, ladeira abaixo. A sensação é ao mesmo tempo medonha e maravilhosa.

A estrada faz uma curva para a direita entre dois rochedos. Steffi vira o guidom e perde o controle. A bicicleta joga de lá para cá, freia abruptamente e derrapa no chão de cascalho. Steffi termina caída no canto da estrada.

Agora eu morri, ela pensa.

Mas ela não está morta, pois um dos braços e o joelho doem terrivelmente.

O som de pneu freando no chão de cascalho a faz olhar para cima. Agora também vai ter de morrer de vergonha diante da ilha inteira.

— Você se machucou? — pergunta Vera.

— Não sei — responde Steffi. — Meu braço... acho que está quebrado.

— Eu ajudo você a se levantar — diz Vera.

Ela desce da bicicleta e estica um braço para Steffi.

— A bicicleta é sua? — pergunta ela.

— Não, é da tia Märta.

Vera levanta a bicicleta e a estuda.

— Quebrado não está — diz ela. — Talvez o para-lama tenha ficado meio amassado. Ou já estava assim antes?

— Sei lá — responde Steffi.

A tontura começa a desaparecer. O joelho só tem um arranhão, mas o braço continua a doer.

— Você acha que o braço está quebrado? — pergunta ela.

Vera o aperta com cuidado, por cima do pulôver.

— Você consegue mexer? — pergunta Vera. — Assim?

Steffi tenta mover o braço de várias maneiras. Ainda dói, mas ela consegue.

— Não parece que quebrou — Vera conclui. — Você nunca andou de bicicleta?

Não adianta nada mentir.

— Eu posso ajudá-la — diz Vera. — Não pode só sair pedalando. Tem que saber frear e fazer a curva também. Quer tentar?

— Quero sim.

— Amanhã — Vera decide. — Depois da escola. É sábado e não vamos ter dever de casa. Agora tenho que ir para casa, e você vai ter que se lavar e mudar de roupa.

Steffi percebe que o vestido está cheio de lama.

— Vou ter que buscar a bicicleta depois da escola — ela diz. — Onde a gente se encontra?

— Aqui.

— Ótimo.

— Até amanhã — despede-se Vera enquanto pula na bicicleta e começa a pedalar.

Steffi leva a bicicleta, que parece cada vez mais pesada, o caminho todo até em casa. Na descida, precisa segurar com todas as forças, se não quiser que a bicicleta saia rolando e a leve junto.

Ela a estaciona no lugar de costume e entra em casa.

— Já cheguei — grita Steffi, enquanto se apressa para cima, para evitar mostrar a roupa suja. Ela esfrega a sujeira do vestido e do corpo como se fosse uma rotina, e depois limpa o lavatório.

— Ah, é, está tentando aprender a andar de bicicleta? — diz tia Märta, quando Steffi desce novamente.

Steffi não esperava que tia Märta tivesse percebido que a bicicleta desaparecera. Mas já são oito horas e o programa religioso já acabou há muito tempo. Tia Märta deve ter saído ao jardim e não viu a bicicleta no lugar.

— Desculpe — diz Steffi. — Eu devia ter pedido antes de pegar a bicicleta.

— Não faz mal — diz tia Märta —, mas tenha cuidado com ela. E trate de não se matar também — completa com o olhar fixo no joelho machucado e no braço mobilizado.

— Posso usá-la amanhã depois da escola?

— Pode, sim.

— Obrigada.

No dia seguinte, Steffi se apressa para casa depois da escola. Ela pega a bicicleta e a leva ao ponto de encontro. Vera já está à espera.

— Venha comigo — diz ela ao levar Steffi para um pequeno desvio na estrada. — Aqui é melhor. Você precisa treinar primeiro num lugar plano. Mas antes de tudo vamos baixar o banco.

Vera trouxe uma chave de fenda e solta o parafuso que fixa o banco no lugar. Ela o abaixa e volta a aparafusar.

— Agora experimente.

Steffi tenta subir na bicicleta como no dia anterior, mas não consegue se equilibrar.

— Você tem que pedalar de uma vez — explica Vera. — Eu seguro atrás e você tenta de novo.

Vera segura firme o bagageiro, enquanto Steffi tenta escalar o assento e pedalar ao mesmo tempo.

— Mais devagar! — grita Vera quando Steffi corre demais — Agora freie, mas com cuidado.

Steffi usa o contrapedal e sente a bicicleta diminuir de velocidade. Ela põe o pé no chão.

— Mais uma vez — diz Vera. — Vamos lá, e freie um pouco se estiver correndo muito.

Steffi dá impulso mais uma vez. Vera corre atrás da bicicleta com as mãos no bagageiro. Em seguida, já não se escutam mais os passos da menina, apenas o som dos pneus tocando o cascalho do caminho. Os pedais giram, mais e mais; a bicicleta acompanha, macia, as curvas da estrada. Ela está andando de bicicleta sozinha!

Uma pedra no caminho faz Steffi perder o equilíbrio. Mas ela consegue colocar o pé no chão a tempo e não chega a cair.

Vera a acompanha em sua própria bicicleta.

— Funcionou direitinho — Vera diz alegremente. — Na segunda-feira já vai poder ir de bicicleta para a escola.

Durante a tarde toda, Steffi anda de bicicleta de um lado para outro. A princípio Vera lhe ajuda a dar partida, mas logo ela aprende a se equilibrar sozinha. Vera pedala ao lado de Steffi. As duas meninas juntas, de cabelos e saias ao vento morno da primavera. O sal do mar se mistura com o cheiro de terra aquecida pelo sol. A grama verde-clara desponta dos cantos das estradas e das pedras no caminho.

Quando se cansam, Vera lhe ensina a encher o pneu. Sentadas de cócoras, as mãos das meninas se tocam. Um cacho do cabelo de Vera toca o rosto de Steffi levemente.

Há tantas coisas que Steffi gostaria de perguntar a Vera. Por que ela sempre tem de fazer gracinhas, durante as lições, e fingir que não entende nada? Por que é amiga de Sylvia e sua turma? Será que elas, Steffi e Vera, não poderiam ser amigas de verdade?

Mas Steffi não lhe faz nenhuma pergunta e Vera se levanta.

— Eu tenho que ir, vou ajudar a mãe a lavar roupa.

Elas pedalam juntas, lado a lado, na estrada maior.

— Você consegue chegar em casa? — pergunta Vera.

— Acho que sim.

Steffi sobe na bicicleta e consegue pedalar o caminho todo, até o topo da ladeira. Mas prefere descer caminhando, só por via das dúvidas.

33

Na segunda-feira Steffi vai de bicicleta para a escola. Ela passara o domingo inteiro treinando, ladeira acima e ladeira abaixo, de um lado a outro da estrada. Tia Märta normalmente deseja passar um domingo contemplativo e faz questão de que Steffi se dedique a alguma atividade calma, depois do catecismo. Porém, concordou sem piscar quando a menina lhe pediu a bicicleta emprestada.

Depois de lutar contra a subida íngreme que leva à casa branca, Steffi ganha vento a favor por quase um quilômetro. Nem precisa pedalar. Simplesmente deixa a bicicleta rolar por si mesma. O vento lhe toca delicadamente o rosto e o ar parece repleto de novos aromas.

Enquanto ela pedala, imagina sua chegada triunfal no pátio da escola: como ela freia levemente em frente do portão e leva a bicicleta até o estacionamento; como Sylvia, Barbro e todas as outras meninas olham surpresas para ela. Steffi planeja se fazer de desentendida. Se ficarem olhando demais vai dizer:

— Estão olhando o quê? Nunca viram ninguém andar de bicicleta?

Depois, vai olhar para Vera e as duas vão rir com cumplicidade. Vera não vai contar nada. Ela prometeu.

De propósito, ela diminui a velocidade no último trecho. Quer ver se todos estão presentes quando ela chegar.

Já ao frear no portão e pisar no chão, ela procura com o olhar para ver quem está presente. Todas estão reunidas entre o estacionamento e o banheiro. Sylvia, Barbro, Gunvor e Majbritt.

E Vera. Ela é o centro das atenções. Parece que está no meio de uma de suas imitações. As outras riem enquanto assistem ao espetáculo.

Steffi leva a bicicleta até o estacionamento. Ninguém percebe que está presente. Ela dá uma rápida olhada para o grupo em volta de Vera.

Ela segura o próprio braço como se sentisse dor.

— Ai, ai — grita ela. — Meu braço! Acho que está quebrado.

Nesse mesmo instante, Gun bate os olhos em Steffi.

— Olhem, ela chegou! — grita ela.

Steffi sente um peso no peito. Primeiro um peso gelado, que vai se aquecendo até ferver. Mais e mais.

Todos os olhos se voltam para ela.

— Não, mas olhem quem chegou — diz Sylvia com a voz de quem fala com uma criança. — A neném pegou emprestada a bicicleta da titia. Cuidado pra não cair na estrada. Talvez ninguém venha ajudar você da próxima vez.

Steffi finge indiferença. Ela se obriga a olhar para a frente o caminho inteiro. Já presenciou o bastante: os risinhos maliciosos, os olhares de desprezo. E a cara pálida e envergonhada de Vera, emoldurada pelos cabelos rebeldes.

A caminho da sala de aula, Vera corre em sua direção.

— Steffi — diz ela sem fôlego. — Desculpe... não foi minha intenção...

O peso no peito de explode Steffi.

— Me deixe em paz! — desabafa Steffi. — Você é igual a todas as outras. Eu odeio você!

Segundos antes de Vera desviar o olhar e continuar a subir as escadas, Steffi percebe algo em seu olhar que ela já viu antes. Steffi não sabe bem o quê, mas é algo que a faz ter vontade de chorar.

Depois da escola, Steffi se atrasa de propósito no corredor. Não tem a mínima vontade de chegar ao estacionamento ao mesmo tempo que todos os outros, e ter de escutar mais gracinhas.

Ao sair ela ainda tem esperanças de ver os cabelos ruivos de Vera em algum lugar do pátio, a sua espera, apesar de tudo.

O pátio, porém, está vazio. Restam apenas seis bicicletas. A de tia Märta tem uma aparência antiquada e grosseira, comparada com a azul de Sylvia e a verde de Ingrid, postas ao lado dela.

Steffi dá ré na bicicleta. Está mais pesada do que o normal. Ela aperta os pneus. Estão quase vazios e as válvulas, destampadas.

Devem ter esvaziado no recreio, senão ainda teriam um pouco de ar. Pode ser a Barbro, ou a Gunvor, ou a Majbritt. Ou a própria Sylvia, mas não é o mais provável. Ela sempre se cuida para não ser descoberta e castigada. A Sylvia manda; e as outras obedecem.

Steffi procura as tampas no chão. Algo brilha ao lado dela. Um pequeno prego.

Pffffff — se escuta do pneu de Sylvia. Steffi afunda o prego ainda mais, para que somente a cabeça fique visível, como uma pinta brilhante. Como se Sylvia tivesse passado acidentalmente por um prego na estrada.

Ela encontra as tampas das válvulas. Por sorte tia Märta tem sempre uma bomba no bagageiro. Steffi enche os pneus e vai para casa.

Na manhã seguinte, estão à sua espera no estacionamento Quando Steffi para a bicicleta, as meninas fazem um círculo à sua volta. Agora está presa.

Sylvia segura alguma coisa entre o polegar e o indicador. Ela tem a mão tão perto do rosto de Steffi que ela tem dificuldade de ver o que é. É um objeto brilhante.

É o prego.

— Foi você. — acusa Sylvia. — Diga logo que foi você!

Ela deve negar? Sylvia não pode provar que foi ela.

— Confessa! — repete Sylvia. A menina está tão próxima que Steffi pode sentir seu hálito.

— Sim, fui eu. Mas vocês esvaziaram os pneus da minha bicicleta.

— Não fui eu, não — diz Sylvia. — Aliás, isso é uma coisa totalmente diferente. Agora vai pedir perdão.

— Nunca!

— Segurem ela — ordena Sylvia.

Barbro segura o braço direito de Steffi e o torce para trás. Steffi sente dor.

— Você disse nunca?

— Disse.

Barbro puxa o cabelo de Steffi a fim de forçar a cabeça para trás.

— O que você disse?

— Nunca.

Sylvia se abaixa e enche a mão de terra.

— Lembra de quando enchi a sua cara de neve? Agora vou fazer a mesma coisa com terra.

Steffi olha para Sylvia. Ela fala sério. Sua única esperança é que a sineta toque.

Sylvia dá mais um passo para Steffi.

— Perdão — diz Steffi.

— De joelhos.

— Não.

— Senão, não vale nada — diz Sylvia ao mesmo tempo que Barbro a pressiona para baixo. Steffi cai de joelhos no chão.

— Diga!

— Perdão.

— Diga: perdão por eu ter estragado a sua bicicleta.

— Perdão por eu ter estragado a sua bicicleta.

— E beije os meus sapatos.

Sylvia estica a sandália empoeirada a apenas alguns centímetros do rosto de Steffi, que fecha os lábios quando vê o pé se aproximar.

Então, finalmente, a sineta toca.

34

Em volta das casas da aldeia, o verde se destaca na grama dos pequenos jardins. As macieiras anãs estão repletas de flores brancas e rosas e os arbustos de lilases, de cachos de botões roxos ou brancos.

A casa no fim do mundo não tem jardim, nem macieiras, nem lilases. O vento do mar a castiga demais. Porém, na praia, nascem pequenas flores entre as rochas: amarelas, brancas e em todos os tons de rosa, do mais pálido ao mais intenso. Das fendas das rochas brotam violetas e saintpáulias.

Uma pata selvagem, com penas malhadas, sai a caminho do mar seguida por seus filhotes. A ninhada tem uma penugem marrom e macia. Todos nadam em fila atrás da mãe.

— Venha experimentar! — grita tia Märta da casa.

Tia Märta costura um vestido novo para o encerramento da escola. A fazenda é bonita, branca com flores miúdas azuis e cor-de-rosa. Steffi gostaria que o vestido tivesse botões na frente e um colarinho, assim pareceria mais adulta. Mas tia Märta diz que é complicado demais para costurar. Ela faz um vestido liso na parte da frente, com uma pequena gola redonda e um zíper nas costas.

— Ai! — reclama Steffi quando tia Märta a espeta no ombro, ao mudar um alfinete de lugar.

— Fique quieta, assim não se machuca — diz tia Märta.

Quando todos os alfinetes estão no lugar, Steffi se olha no espelho: a saia está rodada demais. Quando gira, ela sobe até a cintura.

— Saia da frente do espelho — ordena tia Märta —, a vaidade é um pecado.

Embora ela própria esteja bem satisfeita, enquanto contempla o vestido e retira uma linha grudada na saia.

Na noite anterior ao encerramento, tia Märta passa o vestido a ferro e engoma a anágua que dá volume à saia. A fazenda é áspera e faz um ruído estranho, quando Steffi o veste pela cabeça.

Steffi experimenta a solenidade do momento. O vestido é a primeira peça de roupa nova que ganhou desde que chegou à ilha. Sem contar as roupas íntimas e meias que tia Märta costuma comprar por correspondência, e o gorro e o par de luvas no Natal.

Quando se senta na bicicleta, Steffi toma cuidado para não amarrotar a roupa. Ela deixa a saia cair sobre o bagageiro, ajeita com as mãos e presta atenção para que não se enrole nas correntes.

As crianças se reúnem na escola e caminham juntas para a igreja. Quase todas as meninas têm vestidos novos. O de Sylvia tem os botões na frente, assim como Steffi gostaria de ter. Mas ninguém tem uma saia tão rodada quanto a de Steffi.

O diretor faz um discurso que parece não ter fim. Ele fala sobre "as manchas sombrias sobre a Europa em guerra" e aconselha as crianças a não somente brincarem, mas também a serem mais obedientes e solidárias, "nesses tempos difíceis".

Os bancos de madeira são desconfortáveis e a anágua engomada espeta a cintura.

— A maioria de vocês voltará à escola no outono, mas para os alunos da sexta série — diz ele —, este é o último encerramento. A vocês desejo boa sorte, tanto àqueles que continuarão seus estudos no Liceu em Gotemburgo, quanto àqueles que deixam a escola para trás. Lembrem-se de que, não importa onde estejam, todos têm uma função a desempenhar. Não importa o que façam, desde que façam benfeito.

"É claro que importa!", pensa Steffi. "Aquilo que se quer fazer, faz-se benfeito. Não o que se odeia."

O diretor continua seu discurso.

— Este ano, eu e a srta. Bergström estamos, naturalmente, muito satisfeitos porque cinco alunos continuarão a estudar no Liceu. É um motivo de orgulho para nossa escola.

Sentada no banco da frente, Sylvia sorri satisfeita, como se o diretor falasse diretamente para ela.

— E agora — diz o diretor —, vamos distribuir prêmios especiais para os alunos que se destacaram na sexta série. Srta. Bergström, poderia me ajudar?

A professora se aproxima do diretor com um pacote de livros embaixo do braço. Ela lhe entrega um pedaço de papel.

— Ingrid Andersson. — O diretor lê em voz alta.

Ingrid se aproxima, recebe um livro, cumprimenta o diretor e faz uma reverência antes de se retirar.

— Bertil Eriksson.

Steffi contempla um quadro pendurado na parede ao lado. É uma pintura de um homem velho, vestido de preto, com um colarinho grande e duro. O colarinho parece até uma flor branca. Steffi se pergunta se aquele colarinho o incomoda tanto quanto a anágua dela.

Britta lhe dá um empurrão.

— Não escutou? — murmura ela. — É você.

— Stephanie Steiner — chama o diretor — Stephanie, onde você está?

Steffi se levanta, confusa.

— Estou aqui — diz ela.

A srta. Bergström sorri.

— Bem, então aproxime-se, Stephanie — diz ela.

Steffi se esforça para sair do banco e caminha pelo corredor central, até se aproximar da professora e do diretor.

— Posso dizer algumas palavras? — pergunta a professora ao diretor.

— Naturalmente.

— É sempre um prazer premiar os alunos aplicados — diz a professora —, mas é um prazer ainda maior premiar uma aluna tão talentosa que passou a ser a melhor da classe, embora tenha chegado aqui há um ano, sem saber uma palavra de sueco. Eu lhe desejo muitas felicidades, Stephanie.

O livro que recebe é grosso com uma bela encadernação. *A Maravilhosa Viagem de Nils Holgersson através da Suécia*, é o título, escrito com letras douradas. Na primeira página, a professora havia escrito uma dedicatória à mão: "*Para Stephanie Steiner, dia 1 de junho de 1940. Que este livro ajude você a conhecer ainda melhor seu novo país e sua nova língua. Sua professora, Agnes Bergström.*"

Steffi folheia o livro e fica absorta com as imagens. Quando o órgão dá os primeiros acordes, Britta é obrigada a sacudi-la mais uma vez, para que se levante.

O tempo das flores se aproxima, com a beleza e as cores...

"Que lindo salmo" Steffi pensa, apesar de não compreender todas as palavras. Ela se alegra por ter ganhado o livro e pelas palavras da professora, mas ainda assim se sente triste. Se fossem férias de verão normais, ela ficaria feliz. Mas férias de verão que não terminam com a volta às aulas não são férias de verdade.

No outono ela vai começar na escola de culinária duas vezes por semana. Vai aprender as tarefas domésticas, como tia Märta costuma dizer. Quando há tantas outras coisas para aprender!

Depois do encerramento na igreja todos vão para as salas de aula, onde a professora distribui o boletim. "Notas Finais", lê-se no papel impresso. O nome dela, a data e as notas estão escritas em tinta azul.

"Matemática e geometria: Excelente." Em artes ela também recebeu o conceito mais alto. Todas as notas são boas, a não ser em sueco, em que recebe regular. Mas a professora escreveu um comentário: "*Stephanie não tem o sueco como língua materna. Ela fez avanços consideráveis durante o ano letivo.*"

O perfume de lilases embebe todos os jardins quando Steffi passa de bicicleta, a caminho de casa. As macieiras quase explodem de tão floridas. As pétalas brancas se espalham pelo chão como grandes flocos de neve.

— Tire o vestido de festa — diz tia Märta assim que Steffi põe os pés dentro de casa. — Temos que arrumar tudo para os hóspedes.

— Aqui estão minhas notas finais — diz Steffi.

— Muito bem, muito bem — comenta ela com pressa e lhe devolve o papel

— Eu também ganhei um livro. Como prêmio.

— Ah, é? — diz Tia Märta com uma voz estranha.

Steffi sobe para o quarto e troca de roupa. Depois, as duas limpam a casa do chão ao teto, como no Natal. Amanhã, chegam os turistas de temporada que vêm se hospedar na casa, durante o verão. Steffi, tia Märta e tio Evert se mudam para o quarto no porão, onde também há uma pequena cozinha. Steffi vai dormir no sofá da cozinha.

Quase todo mundo na ilha aluga suas casas no verão. Alguns alugam só um quarto, mas a grande maioria deixa a casa inteira para os hóspedes e se muda para o porão. O pai de Sylvia, que é dono da mercearia, mandou construir uma casa que fica vazia o inverno inteiro. Ela só é usada para alugar no verão. Assim, eles podem continuar morando no andar superior do sobrado que serve também de mercado.

Steffi esvazia a cômoda do quarto e leva suas coisas para o porão. Não há lugar para guardar as roupas na cozinha e, por isso, ela as guarda na cômoda do depósito, onde fica o aquecedor.

Ela guarda as fotos, joias e o diário numa caixa de sapatos embaixo do sofá da cozinha. O quadro de Jesus ela deixa no mesmo lugar, para os hóspedes.

35

No dia seguinte os esperados hóspedes chegam em um táxi do porto. O porta-malas do carro está repleto de malas e pacotes.

Eles são ao todo seis: um casal mais velho, um filho e uma filha já adultos, o noivo da filha e a empregada que vai cuidar da casa. Steffi escuta tia Märta chamar a senhora mais velha de "a esposa do doutor"; logo, o marido deve ser médico. Como o papai. Ele tem cabelos brancos, usa óculos e tem uma aparência cansada.

A esposa é alta e imponente. Nota-se que foi muito bonita quando era jovem. A filha é bonita, com cabelos loiros e cacheados. Ela e o noivo caminham de mãos dadas o tempo todo. O filho é alto, tem olhos cinza e profundos, e cabelos castanhos que caem displicentes na testa.

O melhor é o cão: um fox terrier marrom e branco que pula imediatamente no colo de Steffi para lamber sua mão.

— Pepe gostou de você — diz a filha.

— Você não tem medo de cães? — pergunta a esposa do doutor.

— Não — responde Steffi enquanto afaga a cabeça do animalzinho. — Eu adoro cães.

— Você pode levá-lo para passear — diz a mulher —, quando quiser.

Steffi ajuda a carregar a bagagem dos hóspedes. O filho vai dormir no quarto dela. Ele se chama Sven. Steffi escuta quando a mãe lhe chama. Quantos anos deve ter? Talvez 17, ou 18.

A esposa do doutor lhe entrega uma coroa quando tudo já está dentro de casa.

— Obrigada pela ajuda — diz ela.

Steffi enrubesce.

— Eu não posso receber o dinheiro.

— Não me leve a mal — diz a mulher. — Compre alguma coisa gostosa com o dinheiro. Aliás, de onde você vem?

— De Viena — diz Steffi enquanto guarda a moeda no bolso do vestido. — Muito obrigada.

À tarde ela vai até a casa de tia Alma. Seus hóspedes só chegam dentro de dois dias. Tia Alma, Nelli, Elsa e John carregam as últimas coisas para o porão.

— Escutei que você ganhou um prêmio no encerramento — diz tia Alma.

— É sim, ganhei um livro.

— Você não imagina como Nelli estava orgulhosa da irmã, quando chegou em casa e nos contou. Você é uma menina muito aplicada na escola, isso ninguém pode negar.

— Mas não faz diferença — diz Steffi.

— Como não?

— Ser aplicada na escola. Eu não posso continuar a estudar mesmo.

— No Liceu?

Steffi assente.

— Você tem que tentar entender os seus tios — diz tia Alma. — Sustentá-la em Gotemburgo seria muito caro. Sem falar nos livros e outras coisas.

— Tio Evert me deixaria ir. É ela que não quer.

Tia Alma permanece calada por instantes.

— Você já pensou que talvez Märta não queira mandar você para Gotemburgo porque sinta falta de você? — diz tia Alma.

A ideia parece tão absurda que Steffi tem um acesso de riso. Tia Märta sentir sua falta?

— Ela nem gosta de mim — diz ela. — Eu só não entendo por que ela me trouxe para cá.

— Märta já contou a você sobre Anna-Lisa? — pergunta tia Alma — Ou Evert?

— Não. Quem é ela?

— Anna-Lisa era a filha da Märta e do Evert — conta tia Alma. — A filha única deles.

— Eu não sabia que eles tinham uma filha.

— Ela morreu há 14 anos — diz tia Alma. — Tinha 12 anos quando aconteceu.

— Ela morreu de quê?

— Anna-Lisa era uma criança fraca. Vivia doente e Märta tratava dela o tempo todo. Mais tarde, aos 11 anos, descobriram que tinha tuberculose. O último semestre de vida, ela passou no hospital de Västergötaland. Os médicos diziam que o ar da floresta lhe faria bem. Mas nada ajudou.

— O gorro — diz Steffi para si mesma —, e o trenó.

— O quê?

— As coisas que ganhei. Devem ter sido dela. De Anna-Lisa.

Era estranho pensar que o gorro e as luvas que usara durante todo o inverno haviam pertencido a uma menina que morrera muito antes de Steffi nascer. Será que ela chegou a usá-los? Ou já estava morta quando tia Märta acabara de tecê-los?

— Por que ninguém me disse nada? — pergunta Steffi. — Por que não há uma fotografia dela na casa?

— Märta sofreu tanto — explica tia Alma — que não suportava vê-la em fotografia. Ela parecia uma morta-viva por mais de um ano. Se não tivesse fé em Deus, não sei dizer o que teria acontecido. Você devia ver como ela era antes da morte de Anna-Lisa. Totalmente diferente do que é hoje em dia. Era cheia de vida e não tinha medo de nada. Sempre tinha uma resposta para tudo e não tinha medo de dizer não. Mas Anna-Lisa nunca precisou escutar uma palavra rude. Märta a tratava como se fosse de porcelana.

— Mas por que ela me trouxe para cá?

— Eu não sei. Eu também me pergunto. Talvez ela quisesse salvar a vida de uma criança, já que não pôde salvar a de Anna-Lisa.

As palavras escapam de sua boca antes que consiga evitá-lo.

— E por que eu não pude vir para a sua casa? Eles prometeram que nós moraríamos juntas, na mesma família.

— Eu sei — diz tia Alma. — Eu gostaria muito de ter ficado com vocês duas. Mas Sigurd não queria. Ele achava que uma era suficiente. Então o Comitê me perguntou se eu poderia encontrar mais alguém na ilha, assim vocês estariam pelo menos perto uma da outra. Märta aceitou imediatamente. Mas não queria uma criança pequena. Então você foi a escolhida.

— Steffi! — grita Nelli dos fundos da casa. — Venha ver o que encontrei.

Tia Alma sorri.

— Vá brincar — diz ela. — Pensar demais não serve para nada. A vida é assim mesmo e nós temos que fazer o melhor.

Steffi contorna a casa.

Nelli e as outras crianças encontraram uma minhoca gordinha na horta da tia Alma. A minhoca balança de um lado a outro, entre os dedos de Nelli.

— Olha só que nojento! — grita Nelli encantada. — Você tem coragem de pegar, Steffi?

Steffi tira a minhoca da mão de Nelli. Ela se contorce entre seus dedos.

— Vamos enterrá-la outra vez. — diz Steffi. — Ela gosta de morar na terra.

Com cuidado, ela coloca a minhoca perto de um pé de batata e o animal desaparece rapidamente na terra.

— A minhoca foi pra casa — diz John. — Pra casa de minhoca dela.

Quando Steffi se despede, tia Alma a chama de dentro de casa.

— Eu tenho uma coisa para você — diz ela furtivamente.

Na mesa da cozinha há um pacote macio e plano.

— É para mim?

— Sim, é.

— Mas, por quê... meu aniversário é só em julho.

— Eu sei disso, mas você precisa de um. Não vai abrir?

Steffi retira o barbante e abre o pacote. É um maiô. Vermelho com bolinhas brancas e um babado no peito, até em volta das alças.

— Que lindo!

Steffi coloca o maiô diante do corpo. Parece ter o tamanho certo.

— Eu acho que vai caber — diz tia Alma —, assim você vai poder tomar banho nesse verão, em vez de ficar sentada na praia o tempo inteiro.

— Tia Alma, você acha que se Anna-Lisa estivesse viva teria que usar um maiô velho?

— Se Anna-Lisa estivesse viva, talvez você não estivesse aqui hoje — diz tia Alma.

Steffi sorri.

— Sabe de uma coisa? Por que você não experimenta o maiô de uma vez? Assim posso ver como ficou.

Steffi entra no quarto de Nelli e troca de roupa. Está perfeito. No dia seguinte irá à praia.

36

O apartamento do porão tem uma entrada própria nos fundos da casa. De manhã Steffi sai, contorna a casa, sobe as escadas de pedra, bate na porta e espera.

Às vezes é a esposa do doutor quem abre, mas em geral é Karin, sua filha. Assim que a porta se abre, Pepe corre na direção de Steffi, sempre abanando o rabo e lhe fazendo festa. Karin vai buscar a coleira pendurada no corredor e a prende no pescoço do cão.

— Precisam de alguma coisa? — Steffi costuma perguntar. Pode ser uma carta para levar ao correio, ou algo que a senhora tenha se esquecido de encomendar na mercearia. O dono do armazém empregou um menino para trabalhar de auxiliar durante o verão. Ele leva as mercadorias em uma bicicleta com um bagageiro no guidom. É só telefonar e fazer a encomenda.

Se Steffi vai ao correio ou à mercearia costuma usar a bicicleta. Então amarra a correia no guidom e deixa Pepe correr ao seu lado. Outras vezes, leva-o para passear por pequenas trilhas onde não é possível andar de bicicleta. Pepe fareja tudo enquanto puxa a coleira, impaciente. Steffi tem quase que correr para acompanhar o ritmo do cão.

Steffi não pode soltá-lo, mas às vezes o deixa livre. Ele adora buscar gravetos que ela atira longe, e sempre volta quando Steffi o chama. Se Steffi se senta em uma rocha, ele costuma se aproximar e pousar a cabeça em sua perna. É quando quer que ela faça carinho atrás da orelha e no queixo.

Quando Steffi volta com Pepe, a esposa do doutor costuma estar tomando seu café matinal com Karin e o noivo, na mesa do jardim que tio Evert colocou em um recanto protegido, próximo à montanha. O doutor já voltou ao trabalho em Gotemburgo e vem somente nos fins de semana. Onde Sven possa estar, é um mistério para Steffi. Ela acredita que ele talvez durma até tarde.

Porém, uma manhã, quando Steffi perambula com Pepe pelos arbustos de frutas silvestres, ela avista Sven. Ele está em pé num bloco rochoso e admira o mar. Por sorte ela leva Pepe na coleira. Steffi tem medo de, se alguém da família descobrir que ela o deixa correr solto, proibirem de passear com o cãozinho.

— Olá! — grita Sven. — Que manhã fantástica!

Steffi não havia refletido que houvesse nada de fantástico com aquela manhã em especial. O sol brilha e uma brisa sopra do mar.

Pepe também acaba de descobrir Sven e se anima. Sven desce da rocha e se aproxima de Pepe, que pula nas pernas do rapaz e recebe afagos.

— Oi, Pepe, oi, amiguinho...

Sven afaga o cãozinho, mas não com o mesmo cuidado que Steffi. Ele é mais bruto e brincalhão.

— Pode soltar a coleira — diz ele. — Ele não vai fugir.

“Ele nunca foge de mim”, pensa Steffi, mas não diz nada.

Sven para de brincar com o cachorro e se senta no canto da rocha. Os pés dele fazem uma barreira no caminho diante de Steffi. Steffi segura a ponta da coleira e fica em pé.

— O mar — diz Sven. — Você pode passar horas olhando pra ele, que nunca é igual.

— Hummm — diz Steffi —, depende de que tempo esteja fazendo.

Steffi gostaria que Sven mudasse de posição, assim ela poderia passar.

— Você não gosta do mar?

— É grande demais. Seria melhor se não estivéssemos numa ilha. Assim daria a sensação de que está ligado com todo o resto.

— Ligado com o quê?

— Com todas as outras coisas. As pessoas. A cidade.

— Há quanto tempo você está aqui? — pergunta Sven.

— Desde agosto.

— E a sua família?

— Mamãe e papai estão em Viena. Minha irmãzinha está aqui, só que com uma outra família.

— E a família com que você mora? Os Janssons, como são?

— São bons — responde Steffi.

— Você é diferente deles, mas isso não significa que está sozinha — diz Sven.

Pepe começa a ganir e puxa a coleira.

— Agora eu preciso ir — diz Steffi.

— Espere — Sven lhe diz. — Eu vou ler uma coisa para você.

Ele tira a mochila pequena das costas e passa a procurar alguma coisa dentro dela. Sven é obrigado a tirar uma garrafa térmica, um sanduíche em um pacote amarrotado e uma blusa, antes de chegar até o livro grosso no fundo da bolsa.

— É em inglês. — diz ele. — Você sabe inglês?

— Não.

— Não importa, eu traduzo para você.

Ele folheia até encontrar a página certa.

— "*Nenhum homem é uma ilha que se baste a si mesmo; somos parte de um continente, se um simples pedaço de terra é levado pelo mar...*"

Steffi permanece imóvel à escuta. A voz de Sven é diferente quando ele recita, é mais calma, mais pausada.

— "*...a morte de cada ser humano me diminui, porque sou parte da humanidade; portanto não me pergunte por quem os sinos dobram: eles dobram por ti.*"

Sven se cala e desvia o olhar da folha. Ambos permanecem calados por instantes. Depois Sven fecha o livro.

— Isso era tudo — diz ele —, mas talvez você seja pequena demais para entender.

— Eu entendi — responde Steffi. — Quem escreveu o livro?

— Um americano chamado Hemingway, mas o poema é de um poeta chamado John Donne, que viveu na Inglaterra no século XV. Quando você for mais velha e aprender inglês vai poder ler o livro.

— Eu não vou aprender inglês — diz Steffi.

— Por que não? Você tem facilidade para idiomas, eu noto pelo sueco que você fala.

— Eu saí da escola — explica Steffi. — No outono eu começo na escola de culinária. Eles não têm dinheiro para me mandar para o Liceu.

— Que pena — comenta Sven. — Você deveria estudar, ler, pensar, escrever.

Ele guarda o livro e as outras coisas dentro da mochila.

— Se você quiser pode tomar emprestado os meus livros — diz ele. — Eu tenho mais livros e posso pedir outros ao meu pai, da cidade. Livros alemães também, se você quiser.

— Oh, sim, adoraria.

— Pode subir quando quiser. Aliás, é o seu quarto onde estou dormindo, não é?

— Sim.

— Aquele quadro — pergunta Sven. — Foi você quem o escolheu?

— Não — diz Steffi enfática.

— Eu pus ele de costas para a parede — diz Sven. — Não conte nada à sra. Jansson. Se quiser posso deixá-lo cair no chão, sem querer.

Steffi começa a rir.

— Não é preciso — diz ela.

Sven fica sério outra vez.

— Uma noite, quando estava quente demais no quarto, eu abri a ventilação e descobri uma coisa ali dentro. Era uma folha de papel amassada. Uma carta. Deve ser sua, pois estava em alemão.

A carta que Steffi escrevera a papai e mamãe na noite em que chegou à ilha: "*Por favor, venham me buscar. Senão eu morro.*" Steffi enrubesce.

— Palavra de honra que eu não a li — diz Sven. — Você quer a carta de volta?

— Não — diz Steffi. — Jogue fora ou a queime. Mas não mostre para ninguém. Agora tenho que ir. Pepe está impaciente.

Quando já está longe, Sven grita:

— Como é mesmo o seu nome?

— Stephanie.

Ela não sabe bem por que não disse simplesmente Steffi. Talvez porque Stephanie lhe dê um ar mais adulto.

— Lindo nome! — grita Sven. — Até logo, Stephanie.

No mesmo dia Steffi vai à praia com Nelli. Ela tenta levar Nelli na carona da bicicleta de tia Märta, mas sem muito êxito. A bicicleta balança demais na subida da ladeira.

Na praia, Nelli encontra sua amiga Sonia e as duas se deitam para tomar sol, na toalha estendida na areia. A água está bem gelada, mas depois de alguns minutos, dá uma sensação de mais quente.

Longe, em cima dos rochedos, Sylvia e Barbro estão acompanhadas de dois garotos que Steffi nunca viu antes. Devem ser os hóspedes.

37

Alguns dias antes do solstício de verão, Steffi vai à mercearia de bicicleta, a fim de comprar biscoitos para a esposa do doutor. Como de costume Pepe corre ao seu lado.

Algumas crianças estão sentadas no jardim do comerciante. No meio estão Sylvia e Barbro e, em cada lado, um dos meninos visitantes. Um deles é tão louro que o cabelo cortado curto parece até branco. O outro é mais moreno, com o rosto coberto de sardas.

Vera também está presente, um pouco afastada dos outros e fazendo uma coroa de flores-do-campo.

Steffi para a bicicleta e amarra Pepe em um gancho na parede. Sylvia e Barbro cochicham alguma coisa com os meninos e riem. Steffi sente os olhares em suas costas, ao abrir a porta e entrar.

Enquanto ela paga o biscoito, escuta latidos lá fora.

— É o seu cachorro que está fazendo esse barulho? — pergunta o comerciante de mau humor.

— Ele não é meu, mas eu o levo para passear.

— Trate de fazê-lo calar a boca, então.

Steffi guarda o pacote de biscoitos no bolso e desce as escadas. Sylvia, Barbro e os dois garotos estão em volta de

Pepe, longe o suficiente para que ele não possa alcançá-los, ainda que estique a correia. Vera continua sentada no muro.

Steffi se aproxima. Agora ela repara que um dos garotos, o mais loiro, tem alguma coisa na mão. É um torrão de açúcar, pendurado em um barbante. Ele o balança por cima do focinho do cão e o puxa assim que Pepe tenta colocar os dentes nele. Pepe gane infeliz.

— Deixem Pepe em paz! — diz Steffi.

— Pepe — diz o menino do torrão de açúcar —, é assim que o vira-lata se chama?

— Pepe! — grita Barbro aos risinhos.

— Ele não é nenhum vira-lata — grita Steffi —, tem pedigree.

— Um cão de raça, hein? — diz o garoto.

Steffi dá um passo adiante para soltar o cachorro, mas o menino a detém. Pepe late e puxa a coleira.

— Silêncio! — diz Sylvia.

Ela bate forte no focinho do cachorro. Pepe gane.

— Não toque nele! — grita Steffi.

— Nossa — diz o garoto que estava em silêncio —, que temperamento!

— Assim como o cachorro — diz o louro. — Será que ela também tem pedigree?

Sylvia e Barbro acham graça.

— Raça pura — diz o sardento. — Um exemplar de primeira classe.

Steffi só deseja ir embora dali. Mas tem de levar Pepe também.

— Deixe-me passar — diz ela ao menino que bloqueia o caminho.

O menino louro não se move.

— Ouviram isso? — diz ele. — "Deixe-me passar." Quer dizer que essa gentinha vem até aqui dizer para nós, suecos, deixarmos ela passar?

— Você que desapareça — diz Sylvia. — Você não tem o direito de morar aqui.

— A gente sabe muito bem por que você está aqui — diz o sardento. — Vocês fogem da Alemanha com suas joias e seu dinheiro e acham que podem comprar nosso país, que nem tentaram fazer lá. Mas estão muito enganados. Os alemães já estão chegando para tomar conta de gente como você, sua judia dos infernos!

Por alguns segundos ela se sente paralisada, mas logo parte para cima do menino e lhe acerta um soco na boca sorridente, estampada no rosto sardento. Steffi lhe aplica socos no peito e lhe dá chutes nas canelas.

O garoto fica tão surpreso que, de início, não lhe passa pela cabeça se defender. Uma menina que sabe brigar, ele não havia esperado por isso. Por fim segura os pulsos de Steffi e a empurra para trás.

— Saia de perto — diz ele, com a voz cheia de ódio —, saia de perto de mim, sua judia nojenta!

Uma gota de sangue brota do lábio inferior dele.

Pepe passa a rosnar com as orelhas para trás.

O menino solta o pulso de Steffi com um safanão, que faz com que ela perca o equilíbrio e caia. Ao mesmo tempo, dá um passo para trás. Pepe consegue morder a perna da calça dele e rasga um bom pedaço da fazenda.

— Ai — grita o garoto —, o vira-lata me mordeu!

Ele aplica um chute de lado no cachorro, que passa a ganir desesperadamente.

Steffi se atira na frente do cão. Ela não consegue chegar até o gancho e decide tirar a coleira do pescoço.

— Corra, Pepe — ordena ela. — Corra!

Pepe sai em disparada, como se fosse uma mancha marrom e branca ao longo do caminho. Steffi se levanta e corre atrás dele.

Na estrada, ela para e olha para trás. Parece que ninguém a seguiu.

— Pepe! — Steffi começa a chamar. — Pepe, volte aqui!

Steffi não o encontra em parte alguma. Será que correu para casa?

Ou simplesmente fugiu dos torturadores para qualquer lado?

— Pepe! — ela volta a chamar.

Ela vê dois menininhos que brincam com um carrinho de rolimã no canto da estrada.

— Vocês viram um cãozinho? — pergunta ela. — Ele é marrom e branco e está perdido.

— Eu vi, sim — diz um dos meninos. — Ele correu pra lá.

O menino aponta na direção do porto.

— Não — diz o outro menino. — Ele foi por ali — e aponta para a direita, no sentido da casa de Britta.

Steffi precisaria da bicicleta para ter alguma chance de alcançar o cãozinho. Mas não tem coragem de voltar à loja.

Ela corre para o porto, mas não vê qualquer pista de Pepe. Ela pergunta aos velhos sentados nos bancos ao sol. Ninguém viu um cão perdido. Ela volta a correr para o cruzamento onde os dois meninos brincam e vira para a casa de Britta.

Britta está de joelhos, limpando a horta.

— Oi — diz Steffi, ofegante. — Você viu um cachorro perdido por aqui, há mais ou menos uns dez minutos?

— Eu acabei de sair — responde Britta. — Que cão é esse?

Steffi não tem tempo de explicar.

A rua onde Britta mora termina numa casa amarela. Uma mulher pendura as roupas no varal e acha que, talvez, tenha visto um cachorro faz algum tempo.

— Alguma coisa saiu em disparada. Era o seu cachorro?

— É — responde Steffi a fim de evitar maiores explicações.

— Você pode cortar caminho pelo jardim — diz a mulher.

Steffi atravessa o jardim, chega a um terreno e salta um canal. Ela pisa em falso e acaba com uma sandália cheia de lama.

— Pepe! — grita ela. — Pepe!

Steffi passa horas à procura de Pepe, mas ele parece ter sido engolido pela terra. Uma vez ela pensa ter ouvido seu latido por trás de alguns arbustos, mas quando se aproxima, ele não está ali.

Por fim ela desiste e se senta num rochedo. Steffi se sente exausta de tanto correr e suas pernas estão todas feridas.

O que vai fazer? Pepe desapareceu e a culpa é dela. Além disso se meteu numa briga com um dos hóspedes de verão, e lhe deu um soco na boca. E Pepe rasgou as calças do garoto quando tentava se defender.

Pepe é um cão de cidade grande, não está acostumado a correr livre na natureza. Ele pode estar preso em algum lugar com a patinha quebrada. Pode levar algum tempo até que o encontrem. Ele pode morrer de fome. Talvez já esteja morto.

Tia Märta vai ficar furiosa. Ela vai ser obrigada a pedir desculpas a todos. À esposa do doutor, a Karin, ao menino de sardas. E a Jesus.

Ela não pretende pedir desculpas àquele menino de jeito nenhum. Não depois do que ele disse. Ela não fez nada contra ele, mas, se contar o que aconteceu, ninguém vai acreditar nela. Serão quatro contra uma. E Steffi sabe muito bem que Sylvia e Barbro não perdem uma oportunidade de mentir.

Além disso, ela não quer contar para ninguém o que foi que o menino disse, porque tem vergonha. Embora o que aconteceu não tenha sido culpa sua, ela tem vergonha.

Ela não pode voltar para casa.

Faz calor o bastante para se dormir ao ar livre. Mas ela precisa de comida. Se esperar até o anoitecer, poderá entrar na dispensa e pegar alguma coisa, sem que ninguém a veja.

O pacote de biscoitos ainda está no seu bolso. Com ele, pode aguentar o dia inteiro. Os biscoitos estão todos quebrados mesmo. Ela deve ter caído em cima deles quando o menino a empurrou. Steffi abre o pacote e pega um biscoito. O resto ela vai guardar para quando ficar realmente com fome.

38

Como um dia pode ser tão comprido! Hora após hora, o sol se move do leste da ilha até chegar ao zênite. Em seguida segue para o oeste, tão devagar que é quase impossível de perceber.

Às vezes Steffi tem a impressão de ouvir os latido de Pepe, mas certamente é apenas sua imaginação. Pelo menos não o vê em parte alguma. Quando sua barriga ronca, come um biscoito que lhe causa algum alívio.

O dia está quente. O sol queima e a brisa é fraca demais para refrescar. Steffi tem sede.

Ela tenta fantasiar que é uma náufraga numa ilha deserta, como fazia às vezes, quando era recém-chegada na ilha. Nessa ilha havia árvores com frutas deliciosas que matavam a fome e a sede. Steffi se lembra das frutinhas silvestres que Vera lhe mostrou. Mas é só junho e os arbustos ainda estão todos floridos.

A fenda onde havia frutinhas é escura e profunda. Ali o sol não chega.

Steffi entra com cuidado na fenda. O ar ali está frio e úmido. Seus pés pisam na terra fofa.

Ela anda mais um pouco até escutar um som de água brotando. Um estreito fio d'água penetra a rocha e escorre pela parede. Steffi une as mãos, enche-as de água e bebe com cuidado. A água tem um leve cheiro de metal e terra, mas não tem um gosto ruim.

Pouco antes de a fenda se abrir completamente para o outro lado, há uma pequena gruta. Ali a terra está toda coberta de grama espessa. A sombra do lugar é fresca.

Steffi se deita no chão. A grama lhe faz cócegas nos braços e pernas desnudos. O silêncio é compacto, nem o mar se escuta dali. O único ruído é o teimoso cricrilar de um grilo.

Ela permanece um bom tempo dentro da gruta. Dorme um pouco, pensa, come um biscoitos, um de cada vez.

Por fim começa a sentir frio. O corpo dolorido se levanta e volta a passar pela fenda. Steffi lava o rosto e bebe mais um pouco de água. Por algum motivo curioso a fome diminuiu, por enquanto só sente cansaço e tonteira.

O sol começa a baixar no horizonte a oeste da ilha. O último pedaço de sol baixa tão rapidamente que ela tem a impressão de vê-lo escorregar na superfície da água. O céu é claro e cintila em cores pastéis: rosa, lilás, azul-claro, verde. Minutos antes de o sol desaparecer por completo, uma neblina rosa-acinzentada parece envolvê-lo.

O calor desaparece rapidamente e Steffi começa tremer de frio. Ela precisa conseguir uma peça de roupa. Talvez haja um cobertor ou casaco velho no depósito da praia.

Começa a escurecer. O céu tem uma cor azul-escura profunda, a não ser no oeste, onde ainda se vê uma linha de luz. Tia Märta deve ter ido se deitar. Ela sempre vai para a cama às dez da noite em ponto, seja inverno ou verão. Os hóspedes podem estar acordados, mas é um risco que ela vai ter de correr. Agora a fome e o frio são grandes demais para esperar mais tempo.

Steffi caminha pela praia e se aproxima da casa pelo lado do mar. O branco das paredes parece quase fluorescente sob o reflexo do pôr do sol. Todas as janelas estão escuras, a não ser a do quarto no andar de cima. Sven deve estar acordado e lendo.

A porta da grande despensa, localizada fora da casa, range quando Steffi a abre. Rapidamente ela recolhe algumas conservas, um vidro de geleia, duas cenouras, e guarda tudo em um saco de papel.

"Agora sim eu sou uma ladra de verdade", pensa Steffi.

Ela precisa de uma garrafa para encher com a água da bomba.

As garrafas e vidros vazios ficam na prateleira mais alta. Steffi tem de subir em um banquinho, mas ainda assim quase não alcança. No exato momento em que estica o braço para apanhar uma das garrafas, perde o equilíbrio e tem de se apoiar na estante. O móvel balança e Steffi aguarda a chuva de garrafas e cacos de vidro que logo estarão espalhados pelo chão.

Ela tem sorte. A estante continua em pé. Steffi pega uma garrafa, desce do banco e deixa o saco de papel com comida do lado de fora da despensa. Agora é só buscar água.

Steffi espia a esquina da casa e para. A luz de uma das janelas do porão está acesa!

Ela tem de passar pela janela se quiser chegar à bomba. Steffi decide se manter colada à parede da casa e agachar-se ao chegar à janela, que fica a menos de um metro do chão.

Pé ante pé, a menina se aproxima da janela. Ela se abaixa, mas não consegue resistir à curiosidade e estica a cabeça, a fim de espiar um pouco lá dentro.

A luz está acesa no quarto do porão. Tia Märta está sentada no canto da cama, vestida de camisola e com os cabelos soltos nas costas, numa longa trança. Steffi nunca a vira assim antes, só de cabelo preso.

Tia Märta está com a cabeça baixa. Não é possível, mas parece até que ela está chorando.

Steffi estica ainda mais a cabeça a fim de enxergar melhor. No mesmo instante, tia Märta levanta a cabeça e olha na direção da janela. Steffi se abaixa rapidamente, mas já é tarde demais.

— Alô? — grita tia Märta. — Há alguém aí?

Ela ainda teria tempo de correr, pegar o saco de comida e desaparecer antes que tia Märta a alcançasse.

— Sou eu — diz Steffi e se levanta.

Tia Märta não briga com ela. Ela leva Steffi para dentro e lhe serve chocolate quente e sanduíches.

— Coma — diz ela —, você deve estar faminta.

— Eu peguei comida na despensa — murmura Steffi. — Está num saco lá fora.

— Você ia fugir? — pergunta tia Märta. — Para onde você pensava em ir?

Steffi não sabe o que responder. Tantas coisas aconteceram, e ela está tão cansada.

— Foram uns meninos — começa ela —, na mercearia.

— Você não precisa explicar nada — diz tia Märta. — Eu já sei de tudo.

Um pedaço de pão fica atravessado na garganta de Steffi. Alguém já contou tudo o que ela fez para tia Märta. Foi o dono da mercearia? Ou os pais dos meninos? A esposa do doutor já deve ter sentido falta de Pepe. Assim que tiver comido, vai levar uma bronca daquelas, e amanhã vai ser forçada a pedir perdão.

— Vera veio trazer a bicicleta — explica tia Märta. — Vera Hedberg. Ela pensou que você tinha corrido para casa. Ela me contou tudo.

— O Pepe — diz Steffi —, eu tive que soltá-lo. Eu acho... eu acho que ele morreu.

— Morreu? — diz tia Märta. — Ele não está mais morto do que eu. Ele já tinha voltado para casa às dez da manhã. Tinha ferido a patinha, mas a esposa do doutor não acha que seja nada grave.

Então Steffi cai no choro. Ela se debruça na mesa, com os braços em volta da cabeça, e começa a soluçar.

— Eu não te entendo, menina — diz tia Märta. — Está chorando porque o cachorro não morreu?

As palavras vêm da boca de tia Märta, mas a voz é diferente, é mais suave.

— A Mimi morreu — diz Steffi entre soluços.

— Pronto, assoe o nariz — diz tia Märta enquanto lhe entrega um lenço. — E agora me explique do que está falando.

Então Steffi lhe conta sobre a noite em que os homens armados entraram em sua casa. A noite em que levaram o papai.

— Bateram forte na porta e, antes que alguém abrisse, a tinham arrombado. Eles eram muitos, uns dez, e estavam todos armados, mas ninguém usava uniforme. Alguns deles entraram no nosso quarto e disseram que tínhamos que levantar e sair para o corredor. Mamãe quis botar os nossos chinelos, mas eles não deixaram. Todos que moravam no apartamento tiveram que ficar em pé no corredor. — Steffi continua a contar. — Papai, mamãe, eu e Nelli, a família Goldberg com o bebê, a vovó Silberstein com o filho dela, que é cego, a família Reich e os três filhos. O chão estava tão frio. Um dos homens, acho que era o líder do grupo, andava o tempo todo de um lado para outro na nossa frente. Às vezes apontava a pistola para um de nós.

— Será possível uma coisa dessas? — diz tia Märta, como se perguntasse mais para si mesma.

— A Mimi começou a ganir. Ah, por que ela não ficou quieta? Acho que teve medo dos cães deles. Eram dois pastores alemães. "Vocês têm um cão?", disse um deles. "Não sabem que a corja judia não tem permissão para ter bichos de estimação?". "É o cão das minhas filhas", papai explicou. Então, ele deu um tiro nela. Ela caiu de lado e começou a mexer as patinhas. Depois, parou de se mexer. Havia uma poça de sangue no chão e meus pés ficaram sujos.

— Minha pequena — diz tia Märta. — Minha criança querida.

Ela pousa a mão na cabeça de Steffi e acaricia seus cabelos.

— Você precisa tentar dormir — diz ela. — Aqui ninguém vai lhe fazer mal.

39

O cheiro de café penetra em suas narinas e ela abre os olhos. Tia Märta está diante do fogão e despeja o líquido em uma xícara de flores azuis.

— Muito bem, agora já é hora de acordar — diz ela com a voz seca de costume.

Tudo não passou de um sonho. Não pode ser verdade que tia Märta tenha falado com ela naquele tom carinhoso, ontem à noite, ou que tenha afagado seus cabelos. Ela deve ter sonhado.

— Eu já vou me levantar — diz ela enquanto se senta no sofá da cozinha.

— Faça isso — diz tia Märta —, e escolha um vestido bem bonito. Nós vamos fazer uma visita aos hóspedes do dono da mercearia.

Aquilo só pode significar uma coisa: Steffi vai ter de pedir perdão ao menino sardento.

— Mas eu tenho mesmo que ir?

Tia Märta já havia entrado no quarto para fazer a cama.

Steffi se veste e se senta para comer. Ela não tem fome, mas se obriga a comer um sanduíche bem devagar, quanto mais devagar melhor. Depois penteia os cabelos cuidadosamente diante do espelho.

Tia Märta começa a ficar impaciente.

— Já está pronta?

— Quase — diz Steffi —, meu pregador de cabelo desapareceu.

Ela sabe muito bem que o pregador está no bolso do vestido que usou ontem. Tia Märta procura um outro pregador.

— Agora vamos — diz ela.

Do lado de fora, Sven faz carinho na barriga de Pepe. O cão rola de um lado para outro e estica as patinhas. Uma delas está enfaixada.

— Como ele está? — pergunta Steffi.

— Fora de perigo — responde Sven. — Não quebrou nada, só está um pouco inchado. Ele logo vai ficar bom.

Steffi faz carinho no animal.

— O que foi que aconteceu? — pergunta Sven.

— Agora temos que ir. — tia Märta corta a conversa. — Vai ter que esperar para saber mais tarde.

Steffi é levada na carona da bicicleta, como quando chegara à ilha. Quando alcançam o cruzamento antes da mercearia, Vera aparece, por trás de uma rocha do canto da estrada. Parece ter estado ali esperando.

— E então, Vera — diz ela —, você pensou no que eu disse?

Vera assente.

Em vez de entrar no armazém, tia Märta abre o portão do jardim. O comerciante aparece nas escadas.

— Bom-dia! — cumprimenta ele. — Em que posso servir?

— Bom-dia! — diz tia Märta. — Nós temos um assunto a tratar com seus hóspedes.

— Ah, é, ah, é? — diz ele. — Sim, eu acredito que já estejam acordados.

— Eu espero que sim. — Tia Märta dá um sorriso irônico. — Já é quase meio-dia!

Ela marcha para dentro do jardim com Steffi e Vera atrás dela. O comerciante também a acompanha.

Os hóspedes estão sentados no jardim e tomam o café da manhã. São dois meninos e uma menina mais nova, tão sardenta quanto o irmão. O pai é grande, largo e meio careca. A mãe parece muito mais jovem do que ele e tem permanente nos cabelos claros. Uma jovem vestida de avental branco serve a mesa.

— Mil desculpas — diz o vendedor. — Uma visita para vocês.

— Märta Jansson. — Tia Märta se apresenta. — Esta aqui é minha filha adotiva, Stephanie.

— Ah é? — diz o careca. — E do que se trata?

— Não podem esperar? — pergunta a esposa, impaciente. — Estamos no meio do café da manhã.

O garoto sardento evita olhar para Steffi. Ele mantém os olhos vidrados no prato e parece muito concentrado em mexer o mingau.

— Podem comer — diz tia Märta —, porque nós não temos a mínima pressa.

Sylvia aparece, vinda dos fundos da mercearia. Ela se detém um pouco afastada, fingindo que limpa os arbustos.

— Bobagem — diz o careca. — Diga logo o que quer!

— É a respeito do filho do casal — diz tia Märta.

— Ah, sim — diz o homem. — Ragnar, é essa a menina?

— Sim — murmura o menino sardento sem olhar para cima. A colher arranha o fundo do prato.

— Nós não vamos fazer tempestade em copo d'água — diz o homem. — As calças se rasgaram todas, mas não vamos exigir que paguem uma nova. Um pedido de desculpas é o suficiente.

— Era um par novinho de calças! — diz a mulher em tom irritado. — E as manchas de sangue na camisa. Essa menina não pode ser normal!

— Se alguém aqui vai pedir desculpas — diz tia Märta, calma e pausadamente —, não será a Stephanie.

— Ah, é? — diz o homem novamente. — E quem seria, então?

— Talvez o seu filho não tenha contado porque Steffi bateu nele — diz tia Märta —, ou lhe contou?

— Não. — O homem faz um gesto com a mão, como se tia Märta fosse uma mosca irritante que ele tentasse espantar.

— Nesse caso eu vou contar para vocês — diz tia Märta. — Ela bateu nele porque ele a chamou de "judia dos infernos" e também informou que os alemães estão chegando para tomar conta dela.

O rosto do careca fica vermelho. Ele bate tão forte no tampo da mesa que as xícaras de café pulam e os talheres fazem barulho.

— Isso é verdade? — pergunta ao garoto.

— Não — diz ele. — Ela está mentindo! Não é mesmo, Gunnar?

O irmão dá de ombros.

— Eu não escutei nada — diz ele.

— Ah, é mesmo? — diz tia Märta. — Quer dizer que gente fina não aprende desde cedo que mentir é errado?

— A sua versão é diferente da deles — diz o homem. — Sua filha adotiva talvez tenha inventado uma desculpa depois do que fez.

— Vera — diz tia Märta. — É Steffi ou o menino que diz a verdade?

A resposta sai da boca de Vera quase num suspiro.

— Ele a chamou... daquilo. E chutou o cachorro da esposa do doutor.

— Vera veio a minha casa ontem à tarde — diz tia Märta. — A essa hora, nem eu nem ela havíamos falado com Steffi, porque ela havia se escondido. Vera me contou tudo o que tinha acontecido. Isso e muitas outras coisas que eu não sabia. Mas das outras histórias — diz ela olhando para o vendedor e Sylvia —, prefiro tratar com vocês mais tarde.

— Ragnar — diz o homem. — É verdade o que a garota e a sra. Jansson disseram?

O garoto assente.

— Mas foi o senhor mesmo que disse... — diz ele.

— Cale-se! — grita o homem.

— Ninguém — diz tia Märta —, ninguém vai dizer uma coisa dessas para a minha menina! Pode ser a pessoa mais fina do mundo. Por isso, vocês não vão receber pedido de desculpas coisa nenhuma. Já as calças, eu faço questão de pagar. Quanto é?

O homem balança a cabeça, como que tentando desconversar. Seu rosto está vermelho como um tomate.

— Não é necessário, eu insisto.

— São 9,75 coroas — diz a mulher dele.

Tia Märta abre o porta-moedas e retira uma moeda de dez, que deixa em cima da mesa.

— Podem ficar com o troco — diz ela. — Vamos, Steffi.

“Minha menina”, disse tia Märta. Minha menina! Como se Steffi fosse sua própria filha.

40

Steffi e Vera estão deitadas nos rochedos perto do mar. Steffi usa o maiô vermelho, que ganhou de tia Alma, e Vera, o maiô verde. Elas acabam de sair da água.

Agora estão deitadas de costas, uma do lado da outra, com os braços esticados para os lados. A pedra aquecida pelo sol esquenta as costas das meninas e uma mecha dos cabelos escuros de Steffi se mistura com o ruivo de Vera. As gotas brilham nas peles desnudas das meninas.

Steffi nunca esteve tão morena em toda a sua vida. Morena como um biscoito de gengibre — tia Märta costuma dizer. Vera nunca fica morena. No inicio do verão estava cor-de-rosa. Agora, a pele clara está toda coberta de sardas miúdas.

— No outono vai ficar muito chato por aqui — diz Vera. — Quando você começar as aulas no Liceu. Mas eu fico feliz por você — completar apressadamente.

— É, mas eu volto pra casa nas férias e, às vezes, nos fins de semana.

Steffi mal pode acreditar que seja verdade.

Que eles tenham mudado de ideia.

Na verdade, foi mais pela esposa do doutor. Quando Steffi devolveu o primeiro monte de livros que tomara emprestado de Sven, foi a mulher quem os apanhou. Ela pediu a Steffi que se sentasse e lhe fez perguntas sobre os livros e a escola.

Alguns dias depois ela convidou tia Märta e Steffi para tomarem um lanche juntas. Tia Märta se irritou e disse que não, mas por fim acabou aceitando o convite.

A esposa do doutor comentou com tia Märta que Steffi era inteligente e deveria continuar os estudos no Liceu. É, tia Märta já tinha escutado a história antes, mas o problema era que não tinham condições para pagar uma pensão onde Steffi pudesse morar, nem os livros e tudo mais que pudesse custar.

Foi então que a mulher contou que quando Karin se casasse, no final de agosto, ela teria um quarto vago no grande apartamento de Gotemburgo. Eles moravam muito perto da escola de meninas, onde Steffi poderia estudar. Não cobrariam nada pelo quarto, só pela comida. E Steffi poderia pedir uma bolsa de estudos para cobrir os gastos com livros e materiais escolares, explicou a esposa do doutor.

Tia Märta agradeceu e pediu para pensar no assunto. Ela queria conversar com tio Evert, quando tivesse voltado de viagem.

Steffi se esforçou ainda mais para ser boazinha e obediente por uma semana. E parece que funcionou: porque eles disseram que sim!

A esposa do doutor prometeu conseguir um lugar para Steffi no Liceu, apesar de já ser tarde demais para começar no outono. Ela é amiga do reitor. A professora também lhe emprestou o livro de matemática. Ela disse que a menina tem de estudar sozinha, mas que pode ajudá-la, se Steffi não entender alguma coisa.

— Imagine se você terminar na mesma turma da Sylvia? — diz Vera.

— Eu nem ligo — diz Steffi.

Sem querer se gabar, desde aquela manhã no jardim do comerciante, Sylvia deixara de fazer qualquer diferença para Steffi.

— Não, lá na cidade ela não vai mandar em ninguém — diz Vera.

Vera se cala por instantes, depois diz:

— E você vai fazer novas amigas, as meninas da cidade grande.

— É — diz Steffi —, eu espero que sim. Mas você é minha melhor amiga.

Enquanto fala, Steffi sente um peso no peito. Ela não escreve para Evi faz semanas.

— Você e Evi — completa Steffi.

— Quem é Evi?

— Minha melhor amiga em Viena. A gente se conhece desde a primeira série. Sempre nos sentávamos juntas na escola.

— Sente falta dela?

— Sinto, às vezes.

— E dos seus pais?

— Sim.

— Eu sinto falta do meu pai — diz Vera.

O pai de Vera morreu. Ele se afogou antes de Vera nascer e seus pais nem chegaram a se casar.

— É tão estranho pensar na mamãe, no papai, em Evi e em todos os outros lá na minha cidade — diz Steffi. — Eles continuam a andar nas ruas que eu conheço, enquanto eu estou aqui.

— Você preferiria estar lá?

— Eu gostaria que eles estivessem aqui.

— Ele não podem vir pra cá?

— Não sei. A esposa do doutor prometeu escrever pra alguém que talvez possa ajudá-los.

Steffi fecha os olhos. Ela vê o sangue vermelho por trás das pálpebras, contra a luz do sol. Está quente demais e ela se senta.

— Vamos cair na água — ela diz.

A água é transparente como vidro e pode-se enxergar o fundo. Alguns ramos de algas marinhas salpicam o quebra-mar. Steffi pega um e aperta com os dedos as bolinhas amarelas, que estouram quando se furam. A planta se chama "alga de vento", mas as crianças costumam chamá-la de "alga de estouro".

— Mergulho ou bomba? — pergunta Vera.

— Bomba — diz Steffi.

Elas escalam o rochedo e espiam a superfície da água. É importante não pularem bem em cima de uma água-viva. Isso aconteceu com Steffi uma vez, e ela ficou com a pele irritada no peito e nos braços.

Há uma água-viva grande e alaranjada a alguns metros do lado direito do rochedo.

— É melhor a gente pular à esquerda, elas podem ter tentáculos bem compridos.

— Eu pulo primeiro — grita Steffi.

Ela respira fundo e tampa o nariz. Depois, toma impulso e pula do canto da pedra.

Steffi afunda nas águas verdes, de olhos abertos. Por instantes seu corpo flutua sem peso. Depois, volta à superfície com uma golfada de ar, rápida o bastante para assistir ao salto de Vera.

O verão foi quente. Agora, em agosto, a água está tão quente que se pode nadar por um longo tempo sem sentir frio.

As duas meninas brincam de mergulhar e buscar pedras no fundo do mar. Steffi corta o pé em um crustáceo, quase já na superfície. São pequenos animais com conchas afiadas, que vivem grudados nas pedras.

Algumas gotas de sangue brotam da ferida. Steffi estuda as pernas, que estão cobertas de hematomas, arranhões e picadas de mosquito feridas, de tanto se coçar. A sola dos pés está dura e resistente de tanto andar sem sapatos.

É notável o quanto Steffi se transformou desde o ano passado, quando acabara de chegar à ilha.

Elas se secam ao sol antes de se vestir. A pele morena de Steffi está coberta por uma camada fina branca. Steffi lambe o próprio braço, que tem gosto de sal.

Sonia e Nelli brincam na água rasa da pequena praia.

— Oi, Steffi — grita Nelli —, veja como eu sei nadar!

Nelli aprendeu a nadar de peito e de costas nesse verão. Ela gira na água como um golfinho rechonchudo.

A bicicleta vermelha de Steffi parece brilhar. Exatamente como no dia em que fez 13 anos, há algumas semanas. Quando acordou de manhã, o presente estava encostado à porta do porão. Uma bicicleta novinha em folha!

Ao se aproximarem da estrada principal, Vera lhe pergunta:

— Posso ir pra sua casa? A gente pode lavar os cabelos lá fora juntas, na bomba.

— Claro que sim — responde Steffi.

Elas percorrem a trilha do bosque e pedalam ladeira acima. Quando por fim chegam no topo da subida comprida, Steffi para.

— Ei, por que parou? — pergunta Vera. — Agora é só a descida.

Steffi não responde. Ela contempla o mar que, lá longe, se encontra com o céu, no oeste. Além do horizonte também existe terra firme.

Na Páscoa, as fogueiras das outras ilhas vão arder. Ilhas que Steffi não enxerga nem num dia claro como hoje. Mas que estão ali, assim como o continente. A América é como uma miragem do outro lado do Atlântico. E, logo ali, está a Noruega ocupada pelos alemães. Já Viena, com mamãe, papai e Evi, fica longe demais. Na casa branca ao pé da ladeira, estão tia Märta e tio Evert, a esposa do doutor e Sven. Ao lado dela, está Vera.

Não, ela não está no fim do mundo. Está numa ilha no oceano, mas não está sozinha.

— Vamos — diz Steffi a Vera. — A última a chegar é a mulher do padre!

Este livro foi composto na tipologia Sabon LT Std, em corpo 11/16, e impresso em papel off-white 80g/m² no Sistema Cameron da Divisão Gráfica da Distribuidora Record.